徳間文庫

素直な狂気

赤川次郎

徳間書店

目次

わらの男　5
拾った悲鳴　67
ラブレター　89
皆勤賞の朝　141
インテリア　203
素直な狂気　229
解説　酒井順子　325

わらの男

1

門の所で、戸川《とかわ》刑事は車を停めた。

深夜だった。パトカーではなく、戸川個人の車である。一応「私人」としてやって来たのだから、これでいいのだが、しかしボーナスでやっと手に入れた中古車は、安《やす》田《だ》家の堂々たる門構えの前では、いかにも不つりあいで貧弱だ。

門の上のTVカメラが、門灯に照らし出された自分の姿を映しているに違いないと分ってはいたが、戸川はそれでも、いささか複雑な気分を顔に出さずにはいられなかった。

この立派な門だけで、きっと戸川の住む、ちっぽけな建売住宅の値段ぐらいはしているのではないか。いや、もしかすると、もっとかかっているかもしれない。

みごとな模様が透し彫りに踊っている門が、静かに開いた。

戸川は座席に座り直して、車をスタートさせた。さて、ここからは顔も引き締めて行かなくてはならない。

車寄せに車を乗り入れると、大きなドアが開いて、驚いたことに招待主当人が姿を見せた。

戸川はあわてて車を停め、エンジンを切ると外へ出た。

「これはお嬢さん——」

「いらっしゃい」

安田時枝《ときえ》は、軽く頭を動かして見せた。「どうぞ」

足首まで隠れるような長いスカートが、彼女がクルリと向き直ったとき、フワリと波打った。

戸川は、屋敷に上ると、広々としたホールを横切って、開いた扉の方へと歩いて行った。

そこだけでも、彼の家の広さを遥《はる》かに上回るくらいの、広々とした居間。戸川は、入口で思わずためらった。

「どうぞ、お入りになって」

と、安田時枝は言った。

「はあ。——お邪魔します」

戸川は、また頭を下げて、居間へ入って行った。

戸川が戸惑うのも無理のないことで、この屋敷を何度か訪れてはいるが、居間へ通されたのは初めてのことだったのだ。

いつもは客間へ案内される。もちろん、こんなに広くはない。といっても、戸川の家のリビングよりずっと広かったけれど。

「おかけになって」

と、安田時枝は、ソファを手で示した。「何かお飲みになる？　大ていのものはありましてよ」

と、奥のカウンターの方へと歩いて行く。

ホームバーというところらしい。

「はあ。しかし——」

戸川は、ソファにこわごわ腰をおろしながら、ためらった。

「ああ、車でしたわね」

と、安田時枝は笑って、「ごめんなさい。自分で運転しないものですから、ついうっかりしてしまうの。ではコーヒーでもいれましょうね」

「恐れ入ります」

と、戸川は言った。

もう、少し汗をかいている。――四十にもなって、だらしがないと思うのだが、何といっても、安田時枝は政財界の大物と直接つながる名門の一人娘である。

現に、今の警察庁の長官は、彼女の伯父《おじ》に当る。いくらベテラン刑事の戸川とはいえ、硬くなるのも当然だろう。

いや、これが仕事だというのなら、たとえここがホワイトハウスだって、平気でいられる自信はある。しかし、

「個人的な用で、ぜひお会いしたいんです」

と、電話をもらってやって来たのだから、話はまるで変って来るのだ。

「今夜は、使用人もみんな出かけてしまっていますの」

と、安田時枝はコーヒーカップを出しながら言った。「私の話を聞いていただくには、その方がいいと思って」

「はあ」

に打ち消した。

　戸川は、曖昧《あいまい》に言った。

　一瞬、彼女は俺を誘惑する気かな、という思いが、チラリと頭をかすめたが、すぐに打ち消した。

　少し頭の薄くなった四十男に、まだやっと二十六、七の、それも、しばしば雑誌のグラビアをにぎわす評判の美女が、惚《ほ》れるわけがない。その点、戸川は、うぬぼれてはいなかった。

「――お待たせしました。私もコーヒーにしますわ」

　金の盃《さかずき》のように見えるコーヒーカップが、テーブルに置かれた。

　目の前で見ると、安田時枝の美しさは、ひときわである。ほとんど化粧っ気《け》を感じさせないのに、肌は滑らかで、内側から光るように白い。

　彫りの深い顔立ち、黒い瞳《ひとみ》。――いくらか、外国の血が入っているというのも、噂《うわさ》だけではないように思える。

「せっかくお休みなのに、時間を取らせてすみません」

　と、安田時枝は微笑《ほほえ》みながら言った。

「いえ、とんでもありません。――それで、私にご用というのは……」

「あなたのことは、何度かお目にもかかっているし、父も話してくれたことがあります」

「はあ」

「真面目《まじめ》一徹の見本のような男だ、と父は言っていましたわ」

「恐れ入ります」

「ちょっと融通のきかなすぎるのが、玉にキズだ、とも」

時枝は軽く笑った。「でも、それは法の番人の警察官ですものね。そうでなくては困りますわ」

戸川は、黙っていた。相手が何を言いたいのか、測りかねた。

「あなたに来ていただいたのは——」

と、真顔になって、時枝は続けた。「あなたなら、たとえ相手が誰だろうと、ためらわずに法を執行されると思ったからです」

戸川は、ますます戸惑った。

「それはどういう意味でしょう?」

と、訊《き》いた。

コーヒーが旨《うま》い。きっと、その辺のスーパーで買う豆とは違うんだろうな。

「要するに、簡単に申しますと、私を逮捕していただきたいのです」

と、時枝は言った。

「——何とおっしゃいました？」

戸川は、ゆっくりとコーヒーカップを置いた。

「逮捕してくれ、と。——手錠はご遠慮したいですけど。あんまり洒落《しゃれ》たブレスレットとは申せませんものね。でもご心配なく、逃げたり暴れたりはいたしませんから」

「ちょっと待って下さい」

戸川は、無理に笑顔を作った。「逮捕とおっしゃられても……。逮捕するには、令状が必要です。それに、容疑も分らずには逮捕できませんよ」

「まあ。結構面倒なんですのね」

と、時枝はあっさりと言った。「だけど、目の前で何か犯罪があったら、逮捕なさるでしょ？」

「そりゃあ、連行はしますが……。しかし、どうしてお嬢さんを逮捕するんですか？」

「容疑ですか？」

「ええ」

「殺人ですわ」

時枝は、あっさりと言った。

「――殺人。殺人とおっしゃると――つまり、誰《だれ》かを殺したんですか」

「そうです」

戸川は、無意識の内に、両手を握ったり開いたりしていた。――どう考えたものやら、判断がつかなかった。

「一体、誰を殺したんですか?」

と訊いたのも、取りあえず、どうすればいいかの判断を先に延ばすためだった。

ふと、思い付いたのは、交通事故を起こしたのかもしれないということだった。それならよくある話だ。

しかし、それだったら、逆に、有力なコネを利用して、もみ消そうとするのではないか。

逮捕してくれというのは、聞いたことがない。

「男です」

と、時枝は言った。「香川《かがわ》という名の……。ごくありふれた人でしたわ」

「香川……。香川県の香川ですか」

「ええ。そうです。――今初めて気が付いたわ。そんな名前の県があったんですね」

と、時枝は、笑った。

戸川の方はますます分らない。

「――ごめんなさい。こんなことを言っても、お分りにならないわね」

時枝は、自分のコーヒーを、おいしそうに飲んで、「初めからお話ししましょう。そうでないと、よく事情を分っていただけないでしょうから」

と言った。

戸川は、少しホッとして、またコーヒーカップを取り上げた。

「夜は長いわ。時間はたっぷりありますものね……」

安田時枝は、独り言のように呟《つぶや》いた。

2

ひどい頭痛だった。

「畜生……」

と、香川は舌打ちした。

もっとも、ある意味では、懐しい頭痛でもあった。このところ、二日酔になるほど飲んだことがなかったからだ。

昨日は月給日だったのかな……。

まだ覚めきらない目を、無理にこじ開けてみる。――酔って、どこかに月給袋を落として来てなきゃいいが。

それなら、女房の治子《はるこ》が何とか言うだろう。――もう明るいな。

やっと視野のピントが合った。

何だ、これは？

香川は、そろそろと起き上った。――ここはうちじゃない！

一瞬、頭痛も忘れて、香川は部屋の中を見回した。

どこかのホテルだ。それも、変なラブホテルとかでなく、都心の一流ホテルの造りだった。

えらく立派な部屋である。ベッドはダブルに近い幅のものが二つ。スイートルームになっているのか、ドアが開いて、向うにソファが見える。

どう安くみたって、一泊で三万や四万は取られそうだ。

しかも……テーブルには、「頭痛の素」の空びんが、残っている。

「どうなってるんだ？」

と、香川は頭をかきむしった。

ともかく、顔でも洗おう。

ベッドを出ようとして、ギョッとした。まるきりの裸で寝ていたのだ。

部屋の中には誰もいないが、それでも、あわてて毛布を引張り、それを腰に巻きつけるようにして、部屋の中を見回した。

あったあった！　俺の服だ！

香川は、ちょっと息をついた。急いで下着だけ身につけると、ふと不安になって、財布を捜した。――大丈夫。中もちゃんと手つかずだ。

といって、大して来て、入っちゃいないのだが。

少し落ちついて来て、香川はバスルームへ入った。

使ったあとがある。それも、朝になってからだ。――もう、時刻は昼に近かった。

ちょっとためらったが、どうせわけが分らないのなら、と、また裸になって、シャワーを浴びることにした。

熱いシャワーを浴び、新しいバスタオルで体を拭《ぬぐ》って、洗面台の備付のカミソリで、ざらついていたヒゲを当ると、大分頭痛もおさまって来た。

それにしても、一体何がどうなったんだろう？

そうか。――女だ。

女とここへ来た。それは何となく憶《おぼ》えている。そのときは、もういい加減酔っていたのだ。

そして、この部屋でまた飲んだ。その後、女とベッドへ入った……はずだが。

よく憶えていないのだ。いい気なもんだな、と苦笑した。

服を着る。――もうすっかり見飽きた背広とネクタイ。ネクタイだって、そう何本もあるわけじゃない。

仕方ない。――会社は不景気で、ボーナスだってあってなきが如《ごと》しだったのだから……。

服を着終えて、香川は、姿見の前に立った。

――三十九歳。かなり「疲れ」のにじむ姿だった。

太ってはいないが、それは体質から来るもので、時々胃は痛むし、頭痛もする。こんな年齢《とし》になれば、ガタも来るものなのさ、と呟《つぶや》いても、却《かえ》って虚《むな》しいばかりである。

「そうだ」

女房の治子が、心配してあちこち電話をかけまくっているに違いない。何しろ心配性なのだから。

香川は、ベッドサイドの電話で、家にかけた。治子を安心させるため、というよりも、家が都下なので、治子がかける電話代のかさむのを心配したのである。

すぐに向うが出た。

「ああ、俺だ」

と、香川は言った。「悪かったな。酔い潰《つぶ》れて、会社の奴《やつ》の所で寝ちまったんだ。それで——おい、治子。——聞いてるのか？」

「ええ……。聞いてるわ」

治子の声は切れ切れだった。

「何だ、おい、泣いてるのか？」

「だって……事故にでも遭ったのかと思って、ゆうべは一睡もしなかったのよ」

「済まなかったな。今から帰るから」

「分ったわ。お腹《なか》は空《す》いてる？」

「うん？——ああ、そうだな。そっちへ着くころはペコペコだろう」

「じゃ、何か用意しておくわ」

「だけど——ちょっと待てよ。会社の方はどうするか……」

「何を言ってるの」

と、治子が笑い出す。「今日は日曜日よ」

「そうか！　いや、俺もボケたな。じゃ、帰るから」

受話器を置いて、香川は頭を振った。

治子も、いい女には違いない。夫のことを、よく気づかっている。——時には、それが負担になることもあるが。

ぜいたくな苦情だろうか？　しかし、映画やドラマの中でなく、ごく当り前の日常生活の中で、

「あなたが死んだら、生きて行けないわ」

なんて言われたら、どんな気がする？

ベッドの——いや、香川の家にはベッドがないので——布団の中でならともかく、子供を混えて、晩飯を食っているときなどに、そんな言葉を聞かされたら、ゾッとしてしまうのではないか。

もちろん、治子に悪気があるわけではない。本心からそう言っているのは分るのだが。

しかし、まあ今日のところは、こっちに弱味があるのだから、おとなしく帰ることにしよう。

ベッドの所から歩き出しかけて、香川は、ルームキーが電話のわきに残してあるのに気付いた。――一瞬青くなった。

支払いがある！

この部屋、酒の代金……。いくらになるだろう？

どう安く見ても、五万は下らないだろう。とても、そんな持ち合せはない。

逃げよう、と決心した。それしかない。

なに、チェックインのときだって、きっと本名なんか書いていないに決ってる。

香川は、忘れ物がないかと部屋の中を見回してから、ヒョイと肩をすくめ、ドアの方へと歩いて行った。

ドアを開けて、ギョッとした。目の前に、ちょうどボーイがやって来たところだったのだ。

「お届け物でございます」

と、ボーイは言った。

「あ、ああ――そう」

封筒だ。仕方なくそれを受け取って、香川はドアを閉めた。

手紙かな。まさか請求書ってことはないだろうな。

恐る恐る封筒を開けた。――香川は目を疑った。

一万円札だ。十枚入っている。

十万？　何の金だ？

手紙も何もない。ニセ札でもないらしい。

どうやら、女が置いて行ったらしい、と思った。そうとしか考えられない。

ここの支払いをしてくれ、ということなのだろう。――十万か。

「少し余らないかな」

と呟《つぶや》いて、香川はルームキーを手に取った。


「――本当に久しぶりね」

と、治子が、目を輝かせながら言った。

「あんまり大きな声で言うなよ」

と、香川は照れくさそうに周囲を見回した。

「だって。――ねえ、こんな所でお食事なんて……」

「いくらでも食べろよ」

と、香川は、七歳になる娘の幸子《さちこ》に向って言った。

確かに、こんなセリフを口にしたのは久しぶりに違いない。

高級フランス料理、とはいかないが、味も値段もまずますの焼肉の店で、あまり勘定を気にせずに食べているのは、悪い気分ではなかった。

「でも、その人も、ずいぶん真面目な人ね」

と、治子が言った。

「誰が？」

「お金を返してくれた人じゃないの」

「ああ、そうか。いや、そりゃ当り前だよ。ただ、俺の方がついうっかりして、貸したのを忘れてただけさ。何しろ独身時代の話だからな」

と、香川は言った。

貸した金を忘れてた。そうでも言うしかなかったのである。

ホテルの会計カウンターにキーを出したときは、正直、びくびくものだった。十万以上の支払いになっていたらどうしよう。

しかし、意外な返事が返って来た。

「もうご会計の方は済んでおります。ありがとうございました」

ポカンとした顔で、香川は、歩き出していた。

どうなってるんだ……。

喫茶店に入って、コーヒーを飲みながら、香川は何度も、そっとあの封筒を取り出しては中を覗《のぞ》いてみたものである。

――結局、香川が考えた結論は、誰か金持の未亡人か何かの一夜の遊びに付き合って、お小づかいをもらったのだ、ということだった。

実際、それぐらいしか考えられない。

相手がどんな女だったか、年齢も、顔も、まるで思い出せないのだが、ともかく、部屋代も払ってくれて、その上十万も置いて行くのだから、よほど金の余っている女なのだろう。

そんなことなら、もらっておいても構わない。――多少、気も咎《とが》めたので、香川は妻に電話をして、子供向きのアニメ映画を見てから、夕食を取ることにしたのだった。そして何万円かは妻に渡してやって、残りは定期入れにでもしまっておこう、と思った。

こんな「臨時収入」へ、そうそうあるもんじゃないからな……。

娘の幸子がトイレに行くと、治子は、ちょっとためらいがちに、

「ね、あなた」

と、言った。「返してもらったお金って……少しは残りそう？」

香川は、ドキッとした。――服が一着ほしいんだけど、とでも言い出すのかな。そりゃまあ、何といったって、「浮気」の報酬なのだから、いくらか気も咎めている。しかし、あれもこれもと言われるのじゃ、こっちに一文も残らなくなってしまいそうだ。

香川は、ちょっと咳払《せきばら》いして、

「うん――まあ、いくらかはね」

と、曖昧《あいまい》に言った。「何かほしいものでもあるのか？」

「そうじゃないの」

と治子は首を振った。「ちょっと――検査を受けたいのよ。ほら、前に言ったでしょ」

「ああ、そうか」

香川は、ややホッとしながら、「いいじゃないか。ちょうどいい機会だ」

「そう？――じゃ、明日でも電話して、予約を取っておくわ」

「そうだな。一度調べとけば、安心だろう」

幸子が戻って来て、またにぎやかな食事が始まった。

検査か。——まあ、そう何万もはかかるまい。

何となく具合が良くない、というのは、もう大分前からで、一度、診てもらいたい、と言っていたのである。

大体が、治子は心配性なのだ。大方、ただの消化不良か何かなのだろう。

一度、検査して気が済めば……。

「ねえ——」

と、幸子が言った。

「うん。何だ？」

「もう一皿、食べたい」

幸子の食欲に、香川は目を丸くした。

「ああ、いいとも。いくらでも食べろよ」

香川は、もう満腹だった。——息をついて、治子を見ると、何となく熱っぽい視線に出くわして、ギョッとした。

どうやら今夜は……。

明日は会社なんだぞ、と香川は内心、ため息をついた。しかし——まあ、仕方ないか。

今夜は少し早く寝るようにしよう……。

新しい肉が来ると、治子も幸子と一緒になって、食べ始めた。

「あなたも食べたら?」

「いや、もういい」

と、香川は首を振った。

一体、これでどこが具合悪いんだ?

3

「遅かったな」

会社へ戻ると、課長が、いやな目でジロリとにらんだ。

「申し訳ありません」

香川は頭を下げて、自分の席へ帰ろうとした。

課長の嫌味も、いつものようには応《こた》えない。他に、気を取られることがあったのだ。

確かに、私用の外出が、三十分ほど長くなったけれども、それが何だっていうんだ? それぐらいのことで、クビにはなるまい。

「おい、香川」

と、課長が、彼の背中へ呼びかけた。

「はい」

「第三会議室へ行け」

「――何でしょうか？」

「用件は知らん。さっき、社長がそう言って来たんだ」

社長が？　香川は戸惑った。

「早く行け。もう、十五分はたってるぞ」

「はい」

香川は、積み重ねられた段ボールの間をすり抜けるようにして、会議室へ急いだ。

ドアを開けて、

「遅くなりました」

と一礼しながら入って行く。

「何だ、戻ったのか」

社長は、一人でファイルをめくっていた。「急いで、K物産の本社へ行け」

「は？」

「場所は知ってるな?」

「もちろん、それは――」

「本社の秘書課へ行け」

「あの――それで用件は――」

「行けば分る。何も持たずに行けばいいんだ!」

禿《は》げ上った頭をこすりながら、社長は苛々《いらいら》した様子で言った。

「はい」

首をひねりながら、会議室を出る香川へ、

「急げよ!」

と社長の声がぶつかって来た。


「――ここへ行けと社長に言われまして」

香川の顔を、しばらく眺めていた、中年の女性は、

「ああ、あなたね」

と肯《うなず》いた。「ちょっと待ってて」

その女性が、電話をかけに行っている間、香川は落ちつかない気分で立っていた。

Ｋ物産は、香川の勤めている会社の親会社に当る。大手企業の一つだけあって、ビルの大きさも、オフィスの広々としたレイアウトも、香川の会社とは桁《けた》違いだ。

しかし、一体何の用事で……。

「――間に合ったわ」

と、さっきの女性が戻って来た。「地下の駐車場へ行って」

「はあ?」

「行けば分るわ」

香川には、さっぱり分らなかった。

会社から親会社の本社へ、というのはまだ分るが、その駐車場ってのは……。

エレベーターを降りると、急にひんやりする。

どこへ行っていいのやら分らず、ポカンと突っ立っていると、誰かが歩いて来た。

「香川さんですね」

若い男だ。一見して、一流大学出のエリートという印象。

「そうです」

「こちらへ」

何を訊《き》く気にもなれない。ついて行くと、〈役員用駐車場〉という札が立っていて、外車が何台も並んでいる。

「一番奥の車へ乗って下さい」

と若い男は言って、さっさと戻って行ってしまった。

奥の車だって？――どうなってるんだ？

「まるでスパイ映画だな」

と、香川は呟《つぶや》いた。

奥の車とはいっても……。ちょっと乗るのもためらう、大きなベンツだった。

「この車がどうしたっていうんだ……」

香川は、車の前に立って、考え込んだ。すると、突然後部のドアが開いた。

誰か乗っているのだ。――香川は恐る恐る開いたドアの方へ近付いて行った。

「――どうぞ」

女の声だ。

香川は、ちょっとためらったが、ここまで来て引き返すわけにもいかない。

もともとは、社長の命令でやって来たのだ。これも何かの「仕事」なのだろう。

香川は乗り込んで、ドアを閉めた。

車が走り出して、香川はびっくりした。運転手がいたのだ。

ベンツは駐車場の中をぐるりと回って、外へ出た。

「今日は」

と、女が言った。

「どうも……」

二十代――二十五、六という感じだった。

色白の、いかにも血筋と育ちの良さを感じさせる女だった。

女は、あまり香川の方を見ようとしなかった。――ちょっと地味なスーツを着ているところは、キャリアウーマン風だ。

「私を憶《おぼ》えてる?」

と、女は言った。

香川がポカンとしていると、女は笑い出した。

「呆《あき》れた! あなた、よっぽど酔ってたのね!」

香川は目を見開いた。

そうか! 思い出したぞ。

突然、記憶がよみがえった。あの女だ。ホテルへ入って、一夜を過した女……。

もう、十日ほど前のことになるか。

「あなたでしたか。――いや、びっくりした！」

「思い出した？」

「ええ。――ああ、どうもあの時は――」

と言いかけて、言葉を切った。

お世話になりました、というのも変なものだ。香川としては、例の十万円の礼を言ったつもりなのである。

「楽しかったわ」

と、彼女が言った。

「そうですか……」

香川は、女が何を考えているのか、見当もつかなかった。「しかし――なぜ、うちの社長から話を？」

「K物産はあなたの会社の親会社でしょう」

「そうですが……」

「私の祖父があそこの会長なの」

「会長――」

「顔も忘れてるぐらいだから、名前も当然忘れてるわね。私は安田時枝よ」

「は、初めまして」

と、香川はつい言っていた。

安田時枝は声を上げて笑い出した。


「ゆっくりして」

そう言われたって、無理な話である。

自分の雇われている会社の、その親会社の会長の孫。香川にとっては雲の上の存在でしかない。

「いいマンションですね」

言うことがなくて、香川はそう言った。

いや、事実、まるでホテルかと思うような、豪華なマンションではあった。

「そう？　めったに使わないから、結構不便なのよね」

と、安田時枝は、グラスを両手に一つずつ持ってやって来た。「さあどうぞ」

「――どうも」

まだ勤務時間中である。しかし、彼女のすすめてくれたグラスを拒むわけにもいかない。

「お宅の社長さんには、ちゃんと断ってあるわ、大丈夫」

と時枝は言って、ゆったりとソファに座った。

「あの……私にどんなご用ですか」

と、香川は言った。

「あら、そんなこと、決ってるじゃないの」

フフ、と短く笑う。

「しかし……。また何だって、こんなパッとしない男を――」

「あら、今日は謙虚なのね。この前は、ベッドでなら、どんな男にも負けない、って自慢してたわ」

香川は冷汗を拭《ぬぐ》った。

「酔ってたからですよ」

「そう？　でもね――」

と、時枝は言った。「私はもちろん、何人か、男は知ってるけど、誰でもいいってわけじゃないわ。それに逞《たくま》しきゃいいってもんでもないし、二枚目で若けりゃいいってものでもないでしょ。要は人間よ。――何となく合う人、合わない人っていうのがあるの。あなたは、何となく私に合うのよ」

「信じられませんね。一体どこが――」

「それは分らないわ」

と時枝は首を振った。「だから、『何となく』と言ったでしょ。――心配しないで。取って食おうってわけじゃないわ」

香川は、ちょっと複雑な顔で、

「そりゃ、もちろん私だって、あなたのような、若い美人に見込まれりゃ、悪い気はしません。ただ……」

「ただ――何か？」

「いや、申し訳ないんですが、とても今日はそんな気分になれないんです」

「気が乗らないのを、無理にとは言わないけど……。良かったら、その理由を聞かせてくれる？」

「はあ」

香川は、少しためらってから、「家内のことで……」

「まあ、奥さん？　この前のとき、油を絞られたの？」

「違います」

と、香川は首を振った。「実は——今日、家内の検査の結果を聞かされたんです」

「検査って?」

「この間、人間ドックというやつに入って、再検査が必要だと言われたんです。それで……今日、私だけが医者に呼ばれて……」

「あなただけが……」

時枝は少し間を置いて、「悪いの?」

と訊《き》いた。

香川は肯《うなず》いた。

「かなり。——助かるかどうか、微妙なところだそうです」

「そうだったの」

時枝は、グラスをテーブルに置いた。「そんなときに、場違いな話をして、ごめんなさい」

「いえ、それは構いませんが……。ともかく、入院させなくちゃいけないんです」

「私がいい病院を紹介してあげるわ」

と、時枝は言った。「すぐに入れるわよ」

「お気持はありがたいんですが」

香川は、苦笑して、「こちらとしては、懐具合とも相談しないといけませんので……」

時枝は、黙って肯いた。

そして、少し考え込んでいる風だったが、やがて立ち上ると、奥の方へ歩いて行き、ドアを開けて振り返った。

「ここへ来て」

香川はグラスを置いて、立ち上った。

ドアの所まで行って、足を止める。

ベッドルームだった。大きなダブルベッドがデンと居座って、しかもまだゆとりがある広さだった。

「しかし……」

と、香川は、時枝の顔を見た。

「分ってるわ。その気になれない？　でも、私はその気なの。それに、何もしないであなたにお金だけあげるわけにはいかないわ」

香川は、ベッドのわきに立って、服を脱いで行く時枝を、呆然《ぼうぜん》と眺めていた。

白い裸体がスルリとベッドの中へ潜り込む。

「さあ」

と、彼女が言った。「ドアを閉めて」

香川は後ろ手にドアを閉めた。そして、真直ぐに自分の方へ伸ばされた白い腕に向って、ゆっくりと進んで行った……。

4

「——どうだい、気分は？」

ドアを開けて顔を覗《のぞ》かせ、香川は言った。

「あなた。——入ってらっしゃいよ」

治子は、ちょっと微笑《ほほえ》んで言った。

「和菓子を買って来たぞ。小さいから、一口で食べられる」

香川は、ベッドのわきに来て、椅子《いす》に腰をかけた。

「太っちゃうじゃないの」

と、治子は言って笑った。

「和菓子ってのは、太らないそうだ。それにお前は少し太った方がいい」

香川は包みをといて、中から和菓子を取り出し、一つつまんで、妻に食べさせた。

「——どうだ？」

「おいしいわ」

治子が肯《うなず》いた。「お茶を……」

「ああ」

少し起き上ってお茶を一口飲むと、治子は、またベッドに身を沈め、大きく息をついた。

「薬が少し減ったの。助かったわ。食事の度に十種類も服《の》んでたんですもの」

「仕方ないさ。治療だからな」

治子は、じっと天井を見ていた。

「——ねえ」

「何だ？　幸子なら元気にしてるぞ。ちゃんと学校にも休まずに行ってるし」

「そう。良かったわ」

治子は、ちょっと肯いて、「でもね、訊きたいのは、それじゃないの」

「何だ、一体？」

と、香川は、笑顔で訊いた。

「この部屋よ」

「この部屋？」

香川は、キョロキョロと見回して、「ここがどうかしたのか？」

「あなた、この部屋、もともとは二人部屋だから、安いんだって言ったわ」

「うん。それがどうした？」

「今日来た看護婦さんが言ったの。『ここ、初めて来たわ』って。『ここが一番高い個室なのね』ってね」

香川は、ちょっと詰まった。

「――あなた。こんな高い部屋、どうやって払ってるの？」

「心配するなよ。何も悪いことしてるわけじゃない」

「だけど……」

「よし、分った」

香川は息をついて、「実は、うちの会社の偉い人の紹介なんだよ。半額でいいってことなんだ。それに――もともとは四人部屋のはずだったのを、一杯なんでここへ回された。病院の都合で回したから、そう高くは取れないのさ」

「そう」

「分ったかい？」

「ええ」

と、治子は、軽く肯いた。

「もう、変な心配はやめて、静かに寝てるんだ。早く退院できるようにな」

「そうね……。少し眠るわ、私」

「そうするといい。——また来るからな」

「ええ……。幸子も連れてね……」

「分ってる。今度、休みの日には一緒に来るよ」

治子は目を閉じて、まどろんでいる様子だった。

香川は、そっと立ち上り、病室を出た。

廊下を歩いて行くと、杖《つえ》をついて、ほとんど歩くとも言えないような足取りで歩いている老人とすれ違った。

いつか、俺もああなる。——その日を考えると、香川はゾッとした。

今の状態が、どうなるのか、いつまで続くのか、その不安が、香川を、追い立てていた。

「——どうしたの?」

と、時枝が言った。

「いや、別に……」

香川は首を振った。

「今日、病院へ行った?」

「うん」

「奥さん、具合、どうだって?」

「相変らずのようだ」

「そう。——奥さん、一人で寂しいでしょうね」

「どうかな」

香川は、ワイングラスを傾けた。「もともと、一人でいるのが好きな女なんだ。結構楽しんでるかもしれない」

二人が、よく食事に来るホテルの地下のレストラン。

もう、時間は十時を回っていた。

時枝は、いつもの通り、軽快な服装をしている。

しかし、それがこんなレストランでもしっくり合ってしまうのだから、やはり「育ち」というものなのだろう。

香川も、病院へ行ったときとは、違っている。背広姿とはいえ、一見して英国製の高級紳士服である。ネクタイもそれにふさわしいものだった。

「いらっしゃいませ、安田様」

と、マネージャーが挨拶《あいさつ》に来た。

「——いつも来るね」

と、その後で、香川は言った。「お得意になると、こうも違うのかな」

「商売よ」

時枝は、あっさりと言った。

やたらと凝った食事にも、香川は、やっと慣れて来た。得体の知れない肉や魚も、やっと旨《うま》いと思えるようになって来たのだ。

「僕らをどう思ってるのかな」

と、香川は言った。

「知ってるわよ、夫婦やお友だちでないことぐらい」

「そう?」

「ああいう仕事をしてると、色々なところを目にするはずよ。でも、それを黙っているのも、仕事の内」

「なるほどね」

「こっちも気にしない、あっちも気にしない。それでうまく行くのよ」

「そんなものかな」

と、香川は首を振った。

「――奥さんは気付いてない？」

「大丈夫。用心してるよ」

と、香川は肯《うなず》いた。「今日の肉は柔らかいね」

「病人は敏感よ。妻に入院されて困り果ててる夫の役を、ちゃんと演じなくちゃ」

「やってるさ。背広も、会社で着てるやつそのままだし、ネクタイだって……」

「靴は？　ワイシャツは？」

「まさか」

と、香川は笑った。「気が付きゃしないよ、そんなもの」

「だめよ。簡単に見抜かれるわ」

「気を付けるよ。ところで――」

香川は、話をそらした。

なぜ時枝が、そんなに治子のことを気にしているのか、香川にはよく分らなかった。

実際に、治子の入院費用も、幸子をみていてくれるお手伝いさんの費用も、時枝から出ているのだ。

本来なら、時枝はもっとわがもの顔にふるまってもいいはずだ。

しかし、時枝は、こうして二人で逢《あ》う日には、必ず香川を、治子の見舞に行かせるのだった。

——不思議な女だ。

その夜、時枝のマンションのベッドに入って、香川は思っていた。

もう、夜中の二時に近い。時枝は、快い眠りに入っている様子だった。

時枝ほどの女なら、どんな二枚目の男だって、思いのままに呼びつけられるだろうに、わざわざ香川のような、もう四十に手の届く男を、情事の相手に選んでいるのだ。

もちろん、香川としては、文句を言う筋合ではない。

こうして、時枝の相手をしているからこそ、治子の治療費も出るのだし、正直なところ、治子よりも時枝の方が、ずっと魅力的である。

しかも、豪華な食事をして、服も、そういう場所にふさわしいものでなくてはということで、時枝が買ってくれている。

これで不平を言ったらバチが当るな、と香川は苦笑した。

だが、これはあくまでも金持娘の気紛れなのだ、と思っていた。別に、彼女が俺を本気で愛しているわけではないのだ。

そんなわけがあるか！

時枝の結婚相手は、いずれ、いくつもの企業を手中にするのだ。こんな平のサラリーマンにふさわしい地位ではない。

それに、必ずしも、彼女自身の意志だけでは決められまい。

もう眠らなくては。——明日は会社があるのだ。

時枝は、昼まで寝ていたっていいが、俺はそうもいかない。

香川は、ベッドを抜け出して、居間の方へ出て行った。明りを点《つ》けると、まぶしさで目をしばたたいた。

棚から、ウィスキーを出して、グラスに注ぐ。——一杯飲んで寝ると、すぐに寝つける。

しかし……いつも、一杯だけ、と思いつつ、一杯では終らない。

それも当然のことだろう。家で飲めるような、安いウィスキーとは、わけが違うのである。

二杯目のグラスを手にソファに座る。――このマンションも、やっと慣れて来た。家へ帰ると、うんざりすることがある。

遠いし、面倒だから、いつもここへ泊っていればいいかな、と考えたりすることもあったが、それは時枝が許すまい。

こうして、ベッドを共にするとき以外は、ここに泊ることを時枝は許していない。

一応、香川もキーを持っているのだが、ともかく時枝はスポンサーである。ご機嫌をそこねないようにしなくては。

二杯目のグラスを空にして、さて寝るか、と立ち上った。それとも……。

それとも？

もう一杯やるか。――三杯じゃ明日にこたえるかな。

しかし……いいじゃないか。

朝なんか、起きられなきゃ、遅れて行きゃいい。休んだって構うもんか。

アルコールが回って、いくらか気が大きくなっていたようだ。

そうとも。――三杯目のグラスを傾けながら、香川は思った。

俺は、安田時枝の恋人なんだ。課長だって部長だって、怖《こわ》くなんかないぞ！

香川は、一気にグラスを呷《あお》った……。

5

「あら、素敵ですね」

エレベーターの中で、香川はそう言われて、ちょっとニヤついた。

「ボーナスの時期でもないのに」

と、田代布子《たしろきぬこ》は言った。「凄《すご》く高そうな背広ですね」

「そうかい？　高くても、いいものの方が長くもつから、結局は得なんだよ」

と、香川はしたり顔で言った。

「そうですね。とっても渋くていいわ！」

田代布子は、まだやっと二十歳になったばかりの、若々しい新入社員である。

美人というのではないが、可愛い顔立ちで男好きのする娘だった。

独身の若い男たちには、憧《あこが》れの的になっている。

「そういう格好してると、香川さん、エリートに見える」

「おい、何だよ、それは」

と、香川は笑って、「服だけエリートみたいじゃないか」

「あ、そういう意味じゃありませんよ！」

と、田代布子も笑って言った。

「どうだい、今夜、付き合わないか」

香川がそう言ったのは、多分に、言葉の弾みでもあった。

「あら、いやだわ」

と、言われるだろうと思っていたのである。

ところが——田代布子は、そのクリッとした目を香川へ向けて、

「だって——奥さん、いいんですか？」

と言ったのである。

こうなると、引込みもつかない。

「いいとも。女房は入院中なんだ」

「まあ、だったらなおさら悪いみたい。でも——悪いことするわけじゃないから、いいのかな」

二人はエレベーターを降りて、廊下を歩いて行った。

「どうだい？」

「ええ、私、今夜は暇なの」

田代布子はそう言って微笑《ほほえ》んだ。

これで、香川は後に引けなくなった。

「──まあ、こんな所、高そうじゃありません?」

と、田代布子は、レストランの入口で言った。

「大丈夫。よく来るんだよ」

「へえ！　香川さんって、意外と高級趣味なんですね」

若くて可愛い女の子に、憧れの目で見られたら、悪い気はしない。

別に、来たくてこの店に来たわけではないが、香川としては、ここ以外の店を知らないのだ。

「──いらっしゃいませ」

マネージャーが、いつに変らぬ笑顔で、出て来た。「いつもありがとうございます」

「いや、どうも。──二人だけど」

と、香川は多少胸を張って、言った。

「こちらへどうぞ」

香川は、内心ホッとした。マネージャーは、いつも香川のことを「時枝の連れ」としか思っていまい。

果して、いつもの通り愛想良く迎えてくれるか、不安だったのである。しかし、さすがに向うはプロだった。

「――何でも好きなものを頼んでいいよ」

と、香川は言った。

「わあ、いいんですか。本当に？――こんなお店、めったに入れないものな」

と、田代布子ははしゃいでいる。

ワインをもらい、少しアルコールが入ると、香川も大分気が楽になって、寛《くつろ》いで来た。

そうだ。俺はここのお得意なのだ。小さくなっている必要なんかない。

――店の方も、あれこれと気をつかってくれた。田代布子は、びっくりするくらい、よく食べ、飲んだ。

目のふちを赤く染めて、うっとりと香川を眺める。

「すっかり香川さんのこと、見直しちゃった！」

こんなことを、時枝に言われたことはない。

ともかく、いつも香川は時枝の「雇い人」だったからだ。

「そうかい？」

悪い気はしない。つい、ワインのグラスを重ねた。

食事は二時間に及んだ。

「さて、出るか」

香川は、ウェイターを呼んだ。

いつも、時枝は、テーブルの所でサインをして済ませている。

しかし、まさか俺はそういうわけにいくまいな……。

「お待たせいたしました」

伝票を見て、香川は一瞬ギョッとした。

思っていたより、遥《はる》かに高い。今の財布の中身で、払えるかどうか、というところである。

思い切って、香川は言った。

「サインでいいね」

「はい、結構でございます」

香川は、〈安田〉とサインをした。

田代布子が、尊敬の眼差《まなざ》しで香川を見ていた。――香川の胸が高鳴っていたのは、アルコールのせいばかりではないようだった……。

明りは点いていない。

香川は、タクシーを降りると、マンションを見上げた。時枝の部屋は、暗いままになっている。

香川と会うとき以外は、めったに使わないと言っていたのだから、大丈夫だろう。

「このマンションが、香川さんの家？」

田代布子が、呆気《あっけ》に取られている。

「いや、そういうわけじゃないんだ」

そこまでは嘘《うそ》もつけない。「ちょっと友だちが留守にしてるもんでね、好きなときに使ってくれ、と鍵《かぎ》を預かってるのさ」

「へえ！　私にも、そういう気前のいい友だち、いないかなあ」

「入ろう」

香川は、田代布子を促した。

――少し酔いがさめて来ると、香川も、こいつはまずいかな、と思い始めていた。

もし、時枝にばれたら……。

しかし、成り行きで、こうならざるを得なかったのだ。

本当のところ、香川も、田代布子がここまでついて来るとは思っていなかったのである。しかし、実際、こうして来てしまうと、今さら帰ろうとも言えなくなる。

部屋へ入ると、田代布子の方はもうすっかり寛いでしまって、勝手にウィスキーを出して来て飲んだりしている。

それを止めるわけにもいかなかった。

「——あら、すてきなベッドルーム！」

と、覗《のぞ》いて、田代布子が声を上げた。「私一度こういう部屋で寝てみたかったんだ！」

香川を見る目は、熱っぽく潤んで、見間違いようもなかった。

香川の方も、ここで引き退《さが》ることはできなかった。——どうにでもなれ！

香川は、思い切り田代布子を抱き締めた。

「——また会ってくれる？」

タクシーの中で、田代布子は訊いた。

「うん。その内ね」

「嬉《うれ》しい。凄《すご》く楽しかったわ！」

ぐっと腕をつかまれ、肩に彼女の重味を感じる。——それは「甘えられている」という、快感だった。

時枝といるときには、決して味わうことのできないものだ。

時枝は、間違っても香川に甘えたりしない。常に、香川を思い通りに動かしている。またそのおかげで、香川もかなり余裕のある暮しをしているのだから、文句を言うわけにもいかないのだ。

そこは、香川にもよく分っていた。——だから、今、田代布子との情事の後で、香川の胸には、不安の方が大きくふくらみ始めていた。

もし、時枝に知れたらどうなるか。時枝を怒らせたら、何もかもおしまいなのだ。

「あ、その角でいいわ」

と、田代布子は言った。

タクシーを降りて、田代布子が手を振って歩いて行くのを見送ると、香川は運転手に言った。

「悪いけど、最初に乗せたマンションまで、戻ってくれないか」

運転手は不思議そうな顔をしたが、別に文句も言わなかった。

——マンションに戻ると、香川は、室内を必死に片付けた。

使ったことを、時枝に知られたくなかったのである。

使ったグラスを洗い、バスルームを片付け、ベッドの乱れを直す。必死で体を動かしている内に、汗がふき出て来た。

畜生！　どうして俺がこんなことをやらなきゃいけないんだ！

香川は、我が身が哀れになって来た。しかし、それでも、部屋の中を片付けつづけていた……。


次の日、香川は昼すぎになって、やっと出社した。

くたびれて、どうしても朝には起きられなかったのである。

エレベーターを降りると、ちょうど田代布子と顔を合わせた。

「やあ」

「あら。——お休みかと思った」

「どうして？」

「休んだ方が良かったんじゃない？」

と、田代布子は声をひそめて、「課長さん、凄《すご》く機嫌悪いわよ」

「そうかい」

香川は、ちょっとうんざりした。

席につくより早く、

「おい、香川！」

と声が飛んで来た。「ちょっと来い」

課長について、会議室へ入ると、香川は、苛立ちを押え切れなくなった。

「何のご用ですか。忙しいんですが」

課長は顔を真赤にした。

「忙しけりゃ、朝から来い！」

と、怒鳴りつける。「勝手に遅刻して来て、何という言いぐさだ！」

香川は、ちょっと笑った。

「遅刻ってのは、大体『勝手に』するもんでしょう」

「うるさい！　貴様、俺をなめてるのか？」

「やくざですね、まるで」

「何だと！」

課長は顔をますます赤くして、震え出さんばかりだった。

「貴様、誰に向って口をきいてるんだ！　クビになりたいのか？」

香川は、じっと課長を見返した。

「クビにできますか？」

「――何だと？」

「僕はK物産会長の孫娘の恋人ですよ。ご存知ないはずはありませんよね。その僕をクビにすると？　面白いですね。やってみてはいかがですか？」

言葉の方が、勝手に飛び出して来た感じだった。「僕を下手に怒らせると、課長のクビの方が、よっぽど危ないんじゃありませんか？」

課長は青ざめた。

「――失礼します」

香川は一礼して、会議室を出た。

残った課長の方は、ただ怒りに青ざめ、身を震わせているだけだった。

6

「――ここが君の家か」

香川は、お上りさんよろしく、広々とした居間の中を見回した。

時枝とは何度も会っているが、安田邸に連れて来られたのは初めてである。

「ゆっくりしてね」

と、時枝は言った。「今夜は誰もいないのよ」

「でも、お手伝いさんとか――」

「いつもは三人いるわ。でも今夜は遠慮してもらったの。――何か飲む？」

「うん。ウィスキーでももらおうかな」

香川は、年代物のソファに手足を伸ばして、息をついた。

香川はホッとしていた。どうやら、田代布子とのことは、知られずに済んだようだ。

怒っていれば、家にまで連れて来ないだろう。

洋酒の棚からウィスキーを出してグラスに注ぎながら、時枝は、

「奥さんはどう？」

と訊《き》いた。

「ああ。あんまり良くはない」

「治る見込みは?」

「医者とも話してるけど、可能性は、三割もあるかどうかだそうだよ」

「そう……」

時枝は、グラスを香川に手渡した。

グラスを口へ持って行こうとする香川へ、

「待って」

と、時枝は声をかけた。

「――え?」

「それを飲む前に、話があるの」

「何だい?」

「奥さんを捨てて、私と一緒になるつもり、ある?」

香川は、しばらくポカンとしていた。

「何だって?」

と声が出たのは、大分たってからだった。

「これだけ付き合って来て、私、結婚してもいいな、って気になったの」

「――本気かい？」

「でなきゃ、この家へ連れて来ないわ」

と、時枝は微笑《ほほえ》んだ。「どう？」

「どうって……。しかし……」

「もちろん、あなたは『安田時枝の夫』と見られることになるわ。ぜいたくもできるし、祖父や父のコネで、いい会社の課長ぐらいにはいつでもなれる。ただ――あなたが『男のプライド』ってやつにこだわるのなら、とても無理ね。もし、いやならそう言って。断ったからって、奥さんの入院費用を出すのをやめたりはしないわ」

「しかし、もし――僕が『うん』と言ったら、家内は……」

「別れていただくしかないわね。もちろん娘さんは引き取って。でも、入院費の方はこちらで出すのはもちろんだけど」

「別れて……」

それが治子にどんなに大きなショックになるか、想像は容易にできる。一度に生きる意欲を失うだろう。

しかし、いずれにしても、生きのびる可能性は三割でしかないのだ……。

「どうする？」

と時枝が訊いた。

時枝と結婚すれば、香川の将来は大きくひらけることになる。断ったとすれば、たとえ時枝に小づかいをもらっているにしても、一生、平社員のままで終るだろう。どっちを選ぶか。

「もし、私と結婚するつもりなら、そのグラスを飲み干して」

と、時枝は言った。「断るなら、グラスをテーブルに置いて。――どっちにする？」

香川はじっと時枝を見つめていた。そして……。


「――それで？」

と、戸川刑事が言った。

「香川は死にました」

と、時枝は言った。「あなたの斜め後ろの椅子《いす》に座っています」

戸川はギョッとして、飛び上りそうになった。

振り向くと、ちょうど少し暗く影になる部分に、ダラリと下がった手が見えた。

「なぜ……」

戸川は、時枝を見て、言った。

「私、何もかも知っていました。香川が、女を作ったことも。——でも、それ自体で、彼を許せなかったわけではありません」

時枝は、立ち上って、ゆっくりと洋酒の棚の方へ歩いて行った。

「それでは——」

「彼は普通の人でした。だからこそ、私にとっては魅力があったのです」

時枝は、グラスにウィスキーを注いだ。「お金があるだけの俗物や、気取りの塊《かたまり》みたいな男たちには飽き飽きしていました。香川は、見かけの通り、平凡で、パッとしない男でしたけど、自分に素直でした。己れの能力や限度を知っていました。私と浮気をしていながら、一方で、奥さんのことも本気で心配していました。でも……」

と、時枝は首を振った。

「私も悪かったのですが、彼は段々、自分のことを、現実以上の男だと思い始めました。——そうなったら、もう香川は何の魅力もない男になってしまう」

「それで殺したのですか？」

「私は、いずれにしても彼と別れるつもりでいました」

時枝は、グラスを手にやって来た。「でも、彼がもし、私との結婚を断り、奥さんを選んだら、どこか、祖父のコネで、もっといい会社のポストに据えるつもりでした。でも――彼は、奥さんを捨てる道を選びました」

時枝は、ため息をついた。

「私には、そのエゴイズムが許せなかった……。もちろん、奥さんと娘さんのことは、必ず面倒をみます」

「とんでもないことをされましたね」

と、戸川は汗を拭《ぬぐ》った。

「もちろん、私を逮捕なさるんでしょう?」

「そうせざるを得ません」

と、戸川は肯《うなず》いて言った。

「それとも――」

「それとも?――何です?」

と、戸川は訊《き》いた。

「この死体一つ、事故死として、片付けていただける?」

「何ですって?」

「あなたならそれぐらいのこと、おできになるでしょう?」

「そんなことが――」

時枝は、戸川の手に、ウィスキーのグラスを押しつけた。

「さあ。もし、私の頼みを聞いて、この死体を引き受けて下さるのなら、それを飲み干して下さい。逮捕なさるのなら、グラスを投げ捨てて下さい。――どうなさる？」

「あなたは……」

「あなたは私の運命を手中に握っているのよ。――たぶん、自分の未来もね」

戸川は、グラスを手に、立っていた。

安田時枝。――相手は政財界の大物と、直接つながりのある令嬢だ。

もちろん、そんなことは、法の執行に何の関係もない。しかし、もし見逃せば、大きな「貸し」を作ったことになる。

それは戸川の将来に、大きな影響を及ぼすだろう。

俺はまだ四十だ。これから、長い人生が待っているのだ。

見逃したのでなく、この話を聞かなかったと思えばいいのだ……。

戸川は、ぐいとグラスを一気にあけた。

時枝は、ちょっと微笑《ほほえ》んで、ソファに腰をおろした。

「――失望しましたわ」

と、時枝は言った。「あなたは、私利私欲のために、法を曲げる人ではない、と思っていました。でも——あなたも、弱い人間なんですね」

戸川はグラスを取り落とし、床に這《は》った。もがいて、爪《つめ》が厚い絨毯《じゅうたん》をかきむしった。落ちたグラスが転がって行って、香川の手のちょうど下に落ちていた空のグラスにぶつかり、チン、と音を立てた。

時枝は、動かなくなった戸川の傍に立った。そして呟いた。

「弱き者、汝の名は男……」

拾った悲鳴

1

それは、どこからか飛んで来たというよりは、初めから、空中にフワフワと浮んでいたように見えた。

あ……。ルミの机は窓際にあったから、ルミがそれに気付いたのは、不思議でも何でもない。

その紙飛行機は、ほとんど風もないのに、フワリフワリと漂って、一向に落ちる気配を見せなかった。時々、アイススケートの上手な子のように、スッ、スッと右へ左へ、滑って行くのだが、高さはほとんど変らなくて、一体いつになったら落ちるのかしら、と気になった。

いくら授業中だからといって、まだやっと十一歳の小学五年生が、ふと目を止めた紙飛行機から目を離せなくなったとしても無理もない。しかも、授業はルミには苦手な理科だった……。

――ルミの通っている小学校も、昔は周囲にあまり家もなくて、校舎も木造の二階建だったそうだ。ルミのママはずっと昔からこの辺に住んでいたので、よく知っているのである。

でも今は――ルミの席のすぐわきの窓は四階の窓で、窓から見えるのは、十四階建の大きなマンションの、ズラリと並んだテラスと窓と、レンガ色の壁ばかりなのだ……。

もちろん、四階建の校舎とマンションとがそんなにピッタリくっついているわけじゃなくて、その間には、小さな体育館もあるし、学校の裏門と、その表の通りもある。でも、じっと見ていると、マンションとの間がまるで手を伸したら届きそうなくらいに近く思えることもあるのだった。

もっとも、そんなこと考えるのはルミぐらいかもしれなかった。クラスでも、他の子は、じっと窓から外を眺めて、空間が広がっては、また狭くなるのを、面白がったりしないからだ。

で——今、その紙飛行機は、マンションと校舎の間の空間をさまよって、どっちへ行くのが面白いかな、と迷っている子供みたいに、フラフラしてるのだった。

すると、急に紙飛行機が傾いたと思うと——ヒュッと空《くう》を切る音がして、それはルミのそばの窓から飛び込んで来た。そして、持主同様に退屈そうに開いている教科書の、ちょうど折り返した所へ、ストッ、とその尖《とが》ったくちばしを突っ込んだのだった。

「岡村《おかむら》さん」

と、名前を呼ばれて（ルミは、正しくは岡村ルミ子、というのだ）、パッと教科書を閉じる。

紙飛行機は、その中でペチャンコになった。

「何をしてるの？」

小林《こばやし》先生が、イライラした調子で訊《き》く。ちょうどルミのママと同じくらいの年齢の女の先生だが、何だかいつも疲れてるようで、ママよりはずっと老《ふ》けて見えた。

「何も」

と、ルミは言った。

見付かれば、紙飛行機は取り上げられるに違いないからだ。小林先生は、おとなしくさえしていれば、授業中に生徒が何か他のことをしていても、あまり怒らない。

でも、そっと手紙のやりとりをしたりしているのを見付かると、凄《すご》く怖いのである。

「すみません」

ルミは急いで開いた。もちろん、紙飛行機の挟まっているのとは別のページを。

「風で、めくれちゃったんです」

と、ルミは言い訳をした。

風なんかほとんどなかったのだが、先生は大して気にもしていない様子で、

「そう」

と、言っただけだった……。

〈助けて！　とじこめられています。このままじゃ、死んでしまいます〉

――ルミは困ってしまった。

こんな手紙を拾ったとして、どうしたらいいか、判断をつけるにはルミは少々子供すぎた。

結局、ルミとしては一番確かな道――ママに相談する、という道を選んだ。

「ねえ、ママ……」

ルミの言葉に、ママはあまり熱心に耳を傾けたとは言えなかった。ちょうどママがいつも見ているTVドラマの最中だったのも、まずかったようだ。

「手紙って、どうしたの？」

「これ」

ルミが、紙飛行機を広げたのを渡しても、ママは、チラッと眺めただけで、

「いたずらよ、誰かの」

と、言った。「子供の字でしょ、それに」

そう。確かに字は大きかったり小さかったりで、ルミから見ても、あまり上手とは言えなかった（ルミも、あまり字が上手だとほめられたことはない）。

だけど、子供の字だからって、この手紙がいたずらだってことにはならないんじゃないか。——ルミの考えは、とても論理的だった。

でも、もうママの目はTVの方へ向いていた。CMが終って、ドラマの続きが始まっていたからだ。

こうなったら、何を言ってもだめ。——ルミも、それほど豊かでない経験から、そう分っていた。

結局、諦《あきら》めて手紙を折りたたむと、ルミは自分の部屋へ戻った。一人っ子のルミは、もう二年生の時から、自分の部屋を持っていたのだ。

机の上で、ルミはもう一度その手紙を広げてみた。——もし、誰かが本当にとじこ

められているんだったら……。

助けてあげなかったら、死んでしまうかもしれないんだ。でも――。

ルミに何ができるだろう?

2

「あった!」

ルミは、思わず声を上げた。

体育館のわきに、花壇がある。あんまりお花のない、寂しい花壇で、手入れもしていないらしくて、雑草が一杯のびていた。

その中に、何だか白いものがチラッと見えたので、ルミは思い切って、花壇の中へ入って行ったのだった。本当は、花壇の中に入っちゃいけないことになっている。でも、今日は日曜日だから先生もいないし……。思い切って入ってみたかいはあった。

その白く思えたものは、大分汚れた紙飛行機で、それを広げると、あの同じ文字で、

〈助けて。ここから出して!〉

と書いてあったからだ。

これはいたずらなんかじゃない。ルミはそう信じた。

だって、いたずらだったら、こんなにいくつも飛ばしたりするだろうか？

ルミの手の中には、あちこち捜し回って見付けた、同じような紙飛行機が、四つもあった。見付けられなかったのもあるだろうから、ずいぶん沢山飛ばしているのだ。

ルミは、この紙飛行機を、全部、学校と、隣のマンションの間で見付けた。——ルミは特別頭のいい子じゃないが、それでも分っていた。

これは、マンションのどこかから飛んで来たのだ。でも——どこから？

ルミは、マンションを見上げた。

十四階建。しかも、その高さより、幅の方がずっとあるのだ。一体何軒の家が入っているのか、ルミなどには見当もつかない。

あの中のどこかだとしても、とても訊いて回るわけにはいかないだろう。

ルミは、いささか途方にくれて、マンションを見上げていた。

「岡村さん」

と、呼ぶ声がして、ルミはハッとした。

小林先生だった。休みなのに！　何か用事で出て来ていたのだろう。

ルミは、まだ花壇の中に立っていた。あわてて、外へ出る。

「すみません！」

「いいのよ」

日曜日のせいか、小林先生は、ニコニコ笑っていて、少しも怒らなかった。「その花壇もねえ、お花がちっとも植えてないんだもの。上から見ててもつまらないわね。――何を持ってるの？」

「え――あの、紙飛行機です。落ちてたから」

「この間、授業中に飛び込んで来たのと同じ？」

先生、知ってたんだ！ ルミはちょっと汗をかいた。

「なあに、何か書いてあるの？」

と、先生は、それに目を止めて、訊《き》いた。

「そうなんです」

ルミは、先生が怒らないので、少し安心して、手にしていた紙飛行機を広げて、渡した。

「――まあ、これは大変ね」

先生は、一枚ずつめくってみて、真剣な顔で言った。

ルミはホッとした。先生もママみたいに、ただのいたずらよ、と言うのじゃないか、心配だったからだ。

「きっと、ここから飛んで来たと思うんです」

ルミはマンションを指さした。

「そうね、きっと。――でも、どの部屋から飛んで来たか、とても分らないわね」

「そうなんです」

小林先生は、ちょっと考えていたが、

「これ、私が預かってもいい？」

と、言い出した。「このマンションに住んでる人も、少しは知ってるし、私、訊いてみてあげるわ」

「わあ、先生、本当？」

「本当よ。約束するわ」

と、小林先生は肯《うなず》いた。

「じゃ――お願いします」

と、ルミは言った。

ルミは、先生に対しては、とても礼儀正しい子だったのだ。

ルミが、あの紙飛行機の手紙を小林先生に預けてから、一週間たち、二週間が過ぎた。

ルミも、色々忙しかったし（子供の生活って、大人とは違った意味で忙しいのだ）、時にはすっかりそんなこと忘れてしまうこともあったのだが、ともかく、いやでも窓の外を見れば、あのマンションが目に入るのだから、その都度、思い出してしまうのだった。

その日、小林先生は、急に席替えをする、と言い出した。

みんなびっくりした。席替えは、一学期ごと、と決っていて、小林先生は、いつも決めたことはめったに変えない人だったからだ。

先生の話では、

「目が悪くて、黒板の字がよく見えない人がいるから」

ということだったが、ルミはなぜか、窓とは反対の側の端の列に移されてしまった。

ルミはつまらなかった。

「――先生」

お昼休み、ルミは、職員室の小林先生の所へ行ってみた。

「岡村さん、どうしたの？」

と、小林先生は、お昼のおそばを食べながら訊《き》いた。

「あの——この前のこと、何か分ったんですか」

「この前のことって？」

「あの紙飛行機の手紙のことです」

先生は、ちょっと考えていたが、

「よく分らないわ。何の話？」

やだ、先生！　忘れちゃってる！

ルミは腹が立ったが、あの日曜日のことを、先生に話してあげた。先生が、調べてくれる、と約束してくれたことも。でも、

「岡村さん、あなた夢でも見たんじゃない？」

というのが、先生の答えだった。「私、日曜日に学校へ来たりしないし、大体、あなただって、本当は休みの日に学校の中へ入っちゃいけないはずでしょう」

「だけど、先生——」

ルミは、信じられなかった。まさか先生がそんなことを言うとは思わなかったのだ。

「いいわ。今日の話は、何も聞かなかったことにしてあげる。もう、そんな作り話で

先生を困らせないで」

「作り話じゃないもん！　先生、約束してくれたじゃない」

「岡村さん。教室へ戻りなさい」

先生の言い方は、厳しかった。

――ルミは教室へ戻りながら、ギュッと手を固く握りしめていた。悔しくて、涙が出そうだ。

先生の嘘《うそ》つき！　大声でそう叫びたいのを何とかこらえていた……。

そしてその日、家に帰ったルミは、ママが珍しく怖い顔で、

「ルミ、ちょっといらっしゃい」

と、手招きするのを見て、なぜかピンと来た。

何を言われるのか、見当がついたのだ。

「ルミ。――小林先生からお電話があったのよ」

やっぱりそうだったんだ。

「ルミ、あなたがよく色んなことをぼんやり考えたり、お話を作ったりしているのは、ママも知ってるわ。でもね、本当のことと、作ったお話とがごっちゃになって、分らなくなるなんて……。ママ、心配よ。ルミももう五年生なんだから。来年は最上級生

なんだから、もう少し大人になってくれないと……」

ママの言葉も、ルミの耳のわきを、流れて行くだけだった。――ママも、私のことを信じてくれてない。

その思いだけが、ルミの頭の中をぐるぐると駆けめぐっていた。

3

学校の帰り、ルミは、裏門から出ると隣のマンションに入ってみた。

もちろん、エレベーターや、名札がズラッと並んでいるのを見ていたって、何も分りゃしないのだけど……。でも、来ないではいられなかったのだ。

ルミが、ぶらぶらと、マンションの中庭の方へ出ようとしていると、エレベーターの扉が開いて、誰かが下りて来た。その人はルミのことには全然気付かず、反対の方向へ歩いて行ってしまったが、ルミは、ポカンとして、その後姿を見送っていた。

「小林先生……」

先生がこのマンションに？

まさか、と思ったけど、でも、先生がどこに住んでいるか、ルミは知っているわけではない。

もし――もし、あの紙飛行機が、先生の家から飛んで来たのだったら……。

ルミは、住んでいる人の名札が、ズラッと並んだパネルを、ずっと見て行った。〈小林〉というのが二つあった。でも一つは二階で、そんな下の方から、あの紙飛行機を飛ばしたはずがない。もう一つは十二階。

きっと、これだ！

ルミは、考える間もなく、エレベーターに乗って、十二階のボタンを押していた。

――ズラッと並んだドア。こんなに大勢人が住んでいるのに、誰も廊下には出ていない。

ルミは、廊下を半分ほど歩いて行って、〈小林〉という表札の出たドアを見付けた。

見付けたけど……でも、どうしたらいいだろう？　もし、ここに誰かが閉じこめられているとしても、もちろんドアには鍵《かぎ》がかかっているし……。

ルミは、ほとんど自分でも気が付かない内に、ドアのノブをつかんでいた。ドアは開いた。

開いた。

ひどく暗い部屋だった。――それに、風通しも悪いのか、じめじめして、ちょっと入るのをためらうくらいだった。

どうしてこんなに暗いんだろう？　明りを点《つ》けないのかしら？

「誰か――いますか」

と、ルミは声をかけたけど、小さな声しか出なかった。

昼間から、こんなに部屋の中を暗くしてるなんて。――やっぱり、誰かがとじこめられてるんだ。

ルミは、靴をぬいで、上った。

どの部屋も、カーテンが引かれて、暗い。

奥の部屋のドアを開けたルミは、何かがその奥でガサッと動く音を耳にして、声を上げそうになった。

「――誰かいるの？」

と、ルミは言った。

「窓をあけて」

と、子供らしい声がした。

ルミは、手探りで歩いて行くと、カーテンを開けた。部屋が明るくなると、ベッドと、そこに横になっている、青白い少年が目に入った。

年齢はルミと同じくらいだろう。でも、ちょっとびっくりするくらい、やせて、青白い。

「——紙飛行機、飛ばしたの、あなた？」

と、ルミは訊いた。

「うん。——見てくれたんだね」

と、その男の子は、嬉《うれ》しそうに言った。

「ここに——とじこめられてるの？」

「そうなんだ。でも、君が来てくれて、助かった」

と、男の子は言った。「足が弱ってて、立てないんだ。手を貸してくれる？」

「ええ……」

「その前に窓を開けて。——外の空気、吸いたいんだ」

ルミは、窓を一杯に開け放った。

「窓の所まで連れてってくれるかい？」

「いいわよ」

ルミは、ランドセルを放り出して、その男の子に肩をかして立たせてやった。——

本当に足も細くて、今にも折れてしまいそうだ。

「窓の所まで……。うん、そう」

男の子だから、いくらやせていても、結構重たかったが、それでも、ルミは、窓の所までその子を連れて行った。

「ありがとう……。いいなあ、外の空気って……」

男の子は、窓の手すりにつかまって、何度も息をついた。そして――ルミの方を向くと、もう一度、

「ありがとう」

と言った。

「ねえ――」

と言いかけたルミは、男の子が、手すりからぐっと身を乗り出すのを見て、びっくりした。「危ないよ！　落ちちゃう！」

ルミは男の子をつかまえた。

「離して！　君も落ちるよ！」

男の子が叫んだ。

「だめ！　だめ！――落ちたら、死んじゃう！」

ルミも夢中だった。必死で男の子の体を、引き戻そうとした。

どれくらい争っていただろう。急に、男の子が、手すりをつかむ力を緩《ゆる》めたのか、

二人とも部屋の中へ転がるようにして倒れた。

ルミは今になって、ガタガタ震えながら、汗がどっとふき出して来るのが分った。

もうちょっとで、十二階下の地面に、落ちるところだったんだ。――ルミは泣き出した。

「ごめんよ……」

男の子が、顔を上げて、言った。「ごめんよ。――もうしないから」

ルミは涙を拭《ぬぐ》った。

「本当に?」

「うん」

「じゃ――許してあげる」

ルミは、手の甲で涙を拭った。

ふと気が付くと、小林先生が、部屋の入口に立っていた。男の子が、先生の方を見て、言った。

「ママ。――もう僕、飛び下りないよ」

ママ?　じゃ、この子は、小林先生の……。

ルミがびっくりしたのは、それよりも、先生が急にその場に伏せて、ワーッと泣き出したことだった……。

「小林先生がね、ルミちゃんによろしくって」

と、ママが言った。

「あの子――病気だったの？」

と、晩ご飯を食べながら、ルミは訊《き》いた。

「そう。でも、体の病気じゃなくて心の病気でね、すぐ飛び下りて死のうとするから、先生は、お仕事に出てる間、あの子をとじこめておくしかなかったのよ」

「可哀そうだね」

「でも、ルミが一生懸命に止めたでしょう。だから、その子も、やっと、死んじゃいけないんだって考えるようになったんですって。――これから、ちゃんと病院へ入って、治療すればよくなるらしいわ」

「良かったね！」

ルミはパクパクご飯を食べている。

もちろん、ルミには、あんまり複雑なことは分らなくて、たとえば、先生が、どうしてあの男の子を入院させずに、人目につかないように隠していたのか――それは、先生が「独身」だったことも関係してるんだけれど——ということも、考えなかった。そして、なぜあの時、先生が、ドアの鍵《かぎ》をあけたままにして行ったのか、ということも……。

いつか、ルミが大きくなったら、話してあげよう、とママは思っていた。

まだルミには、理解できないだろうから。いくら疲れたからといって、母親が、自分の子に死んでほしいと願ったりすることがあるなんていうことは。——わざとドアを開け、ルミが中へ入って行くことも承知していた先生は、しかし、やはり、どうしても放っておけずに駆け戻ったのだ。

ルミが必死で、男の子を助けるのを見て、先生の中で、何かパッと明るく光るものがあったのだろう。

——先生は、自分に子供がいて、今、病院に入っているんだということを、堂々と人に言えるようになった。

それも、ルミの力なのだ。——ママは、いささか得意だった。

「ねえママ」

と、ルミが言った。

「なあに？」

「先生、凄《すご》くきれいになったよ。若返ったみたい。——恋人ができたんだと思うな。ママどう思う?」

「そうね。そうかもしれないわ」

ママは、何でもルミの言うことには賛成してやりたい気分になっていた。もしルミがそれを知ってたら、残念がっただろう。

お小づかいを上げて、と頼むんだった、って……。

ラブレター

1

一見してダイレクトメールと分る封筒を取り出して、水城京子《みずききょうこ》は、郵便受の中を覗《のぞ》き込んだ。

もちろん、大した手紙が来るわけもないのは、よく分っている。だが、中には一通の封書が残っていた。

取り出してみて、京子は戸惑った。それは郵送されて来たのではなく、直接ここへ投げ込まれたもので、表には住所がなく、ただ〈大友《おおとも》京子様〉となっていたのだ。

「何かしら……」

と、呟《つぶや》きながら、京子は、マンションの階段を上って行った。

七階建のマンションで、もちろんエレベーターもあるのだが、京子の住んでいるのは三階なので、できるだけ階段を使うようにしていた。ただ、買物をして来て荷物が多いときにはエレベーターに乗る。

今日も、買物は割合に重くて――ジュースとか、野菜、果物の類《たぐい》を買い込むと、たちまち、ずっしりと重くなる――本当なら、エレベーターを利用してもよかったのだが、その奇妙な手紙に気を取られて、つい階段を上り始めていたのである。

二階からエレベーターを使うというのも面倒なので、京子は頑張って三階まで上り切ってしまった。最後の数段を上るのには、少々努力を要した。

何といっても、もう三十代も終りに近付いているのだから、仕方ないことだ。

「ああ、やれやれ……」

と、呟きながら、我が家の玄関先で足を止める。「――いやだわ」

鍵《かぎ》をあけながら苦笑いしたのは、「ああ、やれやれ」というのが、去年亡くなった母の口ぐせだったからである。

子供のころ、京子は、母の、

「ああ、やれやれ」

を聞く度に、「おばさんぽくて、いやだ」と思っていたものだ。

でも——結局、親子なのね。

家へ入っても、あの手紙を開けるまでに二十分以上もかかってしまった。

まず、買ってきた品物を、ダイニングキッチンのテーブルに出し、冷凍食品は冷凍庫へ、肉、野菜などは冷蔵庫へ——。

肉も、ラップでくるんで冷凍しておく分と、今日、明日に使う、冷蔵庫へ入れる分とを、分けなくてはならない。夫の水城隆一《りゅういち》は、肉好きで、夕食の食卓に肉料理がないと機嫌を悪くするのだ。

しかし、料理する立場としては、楽でよかった。一人っ子の恵子《けいこ》が、まだ十歳だというのに、父親に似て肉好きなのが、少々気がかりではあったが。

京子は、やっと一通り、買って来た物を所定の位置に納めて、息をついた。どんなにくたびれていても、やるべきことはやってしまっておかないと気が済まない。

これも母親譲りの気性というものだった。

手を洗って、時計を見る。——恵子が学校から戻るのに、まだ四十分ほどある。

一息入れてもいいだろう、と京子は思った。

ポットには、昼食時に沸かしたお湯が残っていた。上の階の、親しくしている奥さんが上り込んで、一緒にお昼を食べたのだ。

お茶の葉が、まだ急須に入っていた。使えるだろう。

お茶をいれると、やっと落ちついて、京子はリビングの方へ行った。といっても、リビングとダイニングはつながっていて、合せてせいぜい十畳ほどの広さしかない。

リビングも、小さなソファセットを置くと、もう一杯という感じだった。

ダイレクトメールを眺めて、それから——そう、あの手紙。一体誰が入れて行ったのだろう？

京子は、改めて表の〈大友京子様〉という文字を見直した。「大友」は、京子の旧姓である。しかし、マンションの下の郵便受は、当然、〈水城〉となっているのだ。

得体の知れない手紙、というのは、あまり気分のいいものではないが、しかし、京子としては、人に恨まれる覚えもない。

お茶を一口飲んだ。苦さに顔をしかめながら、ともかくも封を切ってみた。

中にもう一つ封筒が……。そして、それとは別に、便箋《びんせん》が入っていたので、京子はそれを先に出した。

女文字だった。

〈失礼いたします。

先日、引越しのため、戸棚の整理をしておりますと、古い手紙の束の中から、同封の手紙が出て参りました。間違って配達されたものを、つい他の手紙と一緒にしまい込んでいたもののようです。

一緒に束ねてあった手紙から見て、十年以上も前のもののようですが、もしも大切な手紙では、と思い、宛名《あてな》のお宅へと問い合せました。ご結婚され、家を出られたとのことでしたが、うかがうと、お住まいのマンションが所用でよく通る辺りなので、お届けすることにした次第でございます。

当方の不注意の段、過ぎたこととてお許し下さいますよう。

かしこ〉

名前は、ここにもなかった。

それにしても、まあ……。京子はおかしくなった。

十年以上も昔の手紙が！　しかも、それをわざわざ届けてくれたとは。親切なことだわ、と京子は微笑《ほほえ》んだ。

その、十年以上も隠れていた手紙を出してみると、確かに封筒は少し汚れて、輪ゴムで止めてあったのだろう、真中辺りが両側から、挟んだようにへこんでいる。

封がされているままだ。——まるでタイムマシンに乗ってやって来たようね、と京子は思った。つい、二、三日前、ＴＶの洋画番組で、タイムマシンものをやっていたのである。

宛名――。大友京子。実家の住所。

この字は……。誰の字だったろう？

思いがけず、胸が騒いだ。まさか……。でも、もしかしたら――。

裏を返して、京子は差出人の名を見た。


「何かいいことでもあったのか？」

と、水城隆一が言った。

「え？」

京子はTVから目を離して、夫を見た。「私？　どうして？」

「いや、何だか、えらく楽しそうだからさ」

水城は、食後にインスタントのコーヒーを飲んでいた。

体に悪いから、といって、コーヒーをインスタントの、カフェインレスのものに変えてから一年ほどになる。来年は四十だし、それなりに太って来てはいたが、至って元気だ。

京子に言わせれば、体のことを心配するなら、コーヒーより、タバコとお酒を控えたら、と言いたいところだが、まあ、そんなことで夫婦喧嘩《げんか》もしたくなかったのだ。

「そんなに楽しそう?」

京子はTVの方へ目を戻した。「TV見て笑っただけじゃないの」

「そうか? 宝くじでも当ったのかと思ったよ。——おい、恵子、早く寝ろよ」

「うん」

恵子はもうお風呂《ふろ》にも京子と一緒に入っていた。大体、水城の帰宅は九時を回ってしまう。営業という仕事柄、仕方ないのだ。

「ママ、寝る」

「そうね。——さ、行きましょ」

京子は、TVを消して、恵子を部屋へ連れて行った。

「パパ、おやすみ!」

恵子の声に、水城が大声で、

「おやすみ!」

と返事をした。

「——布団、はがないで寝るのよ」

と、京子は、言った。「明り、消してもいい?」

ベッドの中で、顔を半分布団から出した恵子は、

「ママ、そこにいてくれる？」

甘えっ子である。——すぐ寝つくので、何分のことでもない。

「いるわよ」

京子は、明りを消すと、娘のベッドの傍《そば》に座り込んだ。

「ママ、おやすみ」

恵子の声は、もう眠そうだ。

「はい。おやすみなさい」

恵子の息づかいは、すぐに低く、穏やかになって、たちまち寝入ってしまったようだった。

こんな眠りを眠る日は、もう来ないだろう。子供だけに許された、平和な眠りだ。

暗がりの中で、カーペットに座って、立て膝《ひざ》を両手で抱くようにしてじっとしている。

——雅男《まさお》さん。

もし、私の夫が雅男さんだったら、この小さなベッドに、恵子はいなかったのだ。

京子は頭を振った。——何を考えてるの！

もう、こうなってしまったのだ。もう、十二年もたってしまったのだ……。

時は元に戻らない。十二年前には、帰れないのだ。でも……。

いっそ、何も知らなければ……。

でも——でも、こんなことってあるのだろうか？　本当に私の身にこんなことが起るなんて。

安っぽいメロドラマだわ、まるで。

誤配されたラブレター。それが、たまたま見過されて、しまい込まれてしまったばかりに、一人の人間の人生が変ってしまった。いや——二人の、だろうか。

京子と、そして松川《まつかわ》雅男の人生が……。

——リビングに戻ると、水城が、

「おい、昨日の朝刊は？」

と、訊《き》いて来た。

「昨日の新聞？——今日、チリ紙交換が来たから……」

「出しちゃったのか？　おい、まだ見てなかったんだぞ」

「ごめんなさい」

「スポーツ欄の連載が面白かったのに……」

だったら、ちゃんと自分で取っておけば？

それとも、その日の内に読むか。

出かかった言葉を、京子はのみ込んだ。

「ま、しょうがないか……」

きれい好きで、「片付け魔」の京子の性格は水城も、よく知っている。――水城自身は、多少だらしのないところがあって、読みかけの雑誌や本を、いつもその辺に放り出しておくので、京子はよくサッサと片付けてしまい、以前はそれで年中喧嘩《けんか》をしていた。

最近は水城も諦《あきら》めの境地――というより、恵子がものを散らかすので、京子のような、「片付け魔」がいなかったら家の中がどうなるのか考えて、京子を「再評価」した、というのが正確なところだろう。

「ああ、そうだ」

と、水城は思い出したように、「もらって来たぞ」

「何を?」

「ほら、例の――」

水城が、会社へ持って行っている鞄《かばん》から、大判の封筒を出して来た。

「ああ、学校案内ね」

やっと、京子は思い出した。

恵子も来年は小学五年生である。もし、中学で私立を受験させるのなら、塾へ通うなり、家庭教師をつけるなりして、そろそろ準備に入らなくてはいけない。

これは、近所の、上の子を私立へ行かせている奥さんからの忠告によるものだった。

「――ま、研究しといてくれ」

と、水城は言った。

「ええ……」

雅男さんなら、何と言うかしら？――京子は、ふと思った。

松川雅男は、京子とは高校からの同窓生だった。クラブ活動で知り合って、仲間同士でワイワイやるときには結構話もしたのだが、個人的に付合うところまではいかなかった。

再会したのは、大学での三年生のとき。同じ大学にいることは知っていたのだが、京子は文学部、松川雅男は農学部で、全く違う場所にあったから、会うことがなかったのだ。

バッタリ出会ったのは文化祭の催しで、農学部の学生が、自分たちで収穫した野菜や果物を売っている所へ立ち寄ったときだった。

大根だの、ジャガイモだのを手にしているときの松川は、びっくりするほど活き活きとして見えた。——昔から知っている彼の姿がまるで別人のようで、京子は初めて胸のときめきを覚えたのだ……。

卒論の準備や、就職活動で、そろそろ忙しくなる時期だったから、しじゅう会うというわけにはいかなかった。それに、たまに会っても、松川の話は、肥料がどうしたの、土の性質がこうしたの、で、およそロマンチックなものじゃなかった。

いや——しかし、実際には、京子はそんな松川に、大きなロマンを見たのだった。ただ、恋だの愛だのという話、ムードになりにくかったのも事実だが。

大学を出て、松川は化学系の企業に入った。農学部の学生は、割合就職先に苦労しない時期だったのだ。

それに比べ、京子の方は悲惨なもので、卒業した時点でも就職が決らず、結局、叔父のつてを頼りに、ごく普通の事務職についたのだった。そこで水城と知り合う……。

結婚までにはかなりの間があった。水城は京子より一つだけ年上というわけで、生活も安定していなかったからだ。

その間、松川とは全く会うこともなかった。

京子としては、何となくふっ切れていない思いがあって、気にはなっていたのだが……。

「——おい」

水城の声で、ふと我に返った。

「え？」

「何だかぼんやりしてるじゃないか」

「そう？——疲れたのよ」

京子は、立ち上った。「あなた、お風呂《ふろ》に入ったら？」

「うん」

水城の、ちょっとした視線で、京子は大体察することができた。

早々にベッドに入り、眠ろうとした。——風呂から上った水城がベッドへ入って来て、胸の上に手を伸ばして来ると、

「もう遅いわよ」

と、京子は、わざと眠そうな声を出した。

「すぐ済むさ」

「お願い。あんまり気分がよくないの……」

と、京子は言った。

「そうか。具合でも悪いのか？」

京子は黙って首を振った。

――水城が寝入った後も、京子はしばらく眠れなかった。

あの手紙……。ハッとして、京子は体を起こした。

どこへしまっただろう？　つい無意識に、いつもの手紙入れに――。もし夫が見たら、どう思うか。

京子は、そっとベッドを出て、台所の方へと歩いて行った。

手紙は、ちゃんと引出しの中にあった。

京子は、夫の起き出す気配がないのを確かめてから、台所の、流しの上の明りだけをつけて、もう一度、松川雅男からの手紙を広げた……。

〈……会社を思い切ってやめ、農場で一からやり直したい……。君のことが好きでしたが、言い出す勇気がなく……もし君が待っていてくれるなら、必ず……〉

切れ切れの言葉が、目に飛び込んで来る。

京子は今でも憶えていた。

水城との結婚話が具体的になり始めて、一度だけ――初めて松川の会社へ電話したときのことを。松川が、会社を辞めたと聞かされたこと……。松川の自宅の電話を、同窓会名簿で調べてかけたが、その番号は、もう使われていなかった……。
もちろん――それが理由で水城と結婚した、というわけではない。
京子は京子なりに考えて、水城と結婚したのだ。それ自体に後悔はない……。
ただ――十二年前、この手紙がもし自分の手もとに届いていたら、どうなったか……。

京子にも、それは分らなかった。

いきなり、台所の明りがついて、京子はハッと振り向いた。

「喉《のど》が渇いた……」

と、ねぼけた顔の恵子が言った。

2

「あら、京子」

という声に、振り向いて、

「あの……」

と、一瞬戸惑う。

「いやだ、分んない？」

　と言った顔で、京子も、やっと思い当った。

「芳枝《よしえ》。──芳枝でしょう？　ああ、びっくりした！　だって、まさかこんな所で会うなんて思わないもの」

「懐しいわ。何年ぶり？」

　高校のころからの親友だった芳枝とも、恵子が生れてからは、ほとんど会っていなかった。

「何年かなあ。──芳枝、時間あるの？」

　京子は、芳枝の左手のくすり指のリングに目を止めていた。

「三十分くらいなら」

　と、芳枝は言った。「子供が学校から帰るのに間に合うわ」

「じゃ、どこかでお茶でも飲もう」

「そうね」

　──京子は、いつも出かけるスーパーマーケットよりは少し遠い、大きなショッピングセンターに来ていた。

　一応買物も終り、出口の方へ歩いていて、芳枝に声をかけられたのだった。

センターの中の喫茶室は、親子連れで、にぎやか、というよりはやかましい。

「太っちゃったから、分んなかったんでしょ?」

と、芳枝が笑顔で言った。

「そう。多少、太ったわね。でも、それはお互いさまじゃない?」

と、京子は言った。

ただ、芳枝は学生のころ、かなりほっそりしていたので、確かに違いが目立つのである。

「芳枝、いつ結婚したの?」

「三十過ぎてからね。今、七年目」

「じゃ、子供さんは――」

「今年、小学校に入ったばかりよ」

「そう。まだ可愛いわね。うちは四年生」

「そう! 確か恵子ちゃん、だったわよね?」

「ええ。――あ、芳枝、一度来てくれたのよね。あの子が生れたときに」

「うん。でも病院だったから、本当に生れたての赤ちゃんだった」

「あれがもう十歳。生意気で困るわ」

「早いもんね」

と、芳枝は首を振った。

「本当ね……」

ふと、京子は、なぜ芳枝の結婚を知らなかったのだろう、と思った。結婚通知が出ていれば、もし実家へ行ったとしても、連絡は来るはずだ。

「京子、よくここへ買物に来るの？　見かけたことないけど」

「ごく、たまにね。いつもはもっと近くのスーパー。芳枝は、ここ？」

「たいていここよ」

「じゃ、家が近いの？」

「歩いても七、八分かな」

お互いの話で、それぞれ反対方向に、このショッピングセンターを挟んで十分内外の距離と分った。

「知らぬが仏ね」

と、二人は笑った。

母親同士が会えば、まずしばらくは子供の話だけで終ってしまう。

「――あ、もう行かなきゃ」

と、芳枝が、腕時計を見て、言った。

「そうね。一年生じゃ、帰りは早いものね」

二人はあわただしく席を立った。

「割り勘ね？」

「そうしましょ」

と、二人で顔を見合わせて笑う。

学生時代も、いつもそうだったのだ。

二人は、センターの出口の方へと、ショッピングカーを引きながら、歩いて行った。

「――芳枝」

と、京子が言った。

「うん？」

「大学で農学部に行った松川さん――憶えてる？」

芳枝が、ちょっとびっくりしたように、京子を見た。

「松川――雅男でしょ？」

「そう。今、どうしてるか、知ってる？」

芳枝は答えなかった。京子は、ちょっと笑って、

「何だか、この間、ヒョッと思い出したの。どうしてか分らないけど」

と言った。

どうして、こんなことを言ったのだろう？

突然、言葉の方が出て来てしまったのだ。――京子は、自分でもよく分らなかった。

二人はセンターを出た。

「いいお天気ね」

と、京子は青空を見上げた。

本当に爽やかな秋晴れの日だ。

「じゃ、芳枝、ここから逆の方向ね」

「うん」

「芳枝、今、姓は何ていうの？」

芳枝は、ちょっと目を伏せがちにして、

「松川よ」

と言った。「一度遊びに来てね。それじゃ――」

京子は、足早に立ち去って行く芳枝の後ろ姿を、じっと見送っていた。

松川……。では――では、芳枝が松川の妻なのだ！

ふと我に返ったとき、京子は、もうとっくに芳枝の姿が見えなくなっているのに気付いた。

京子は、家路を辿《たど》った。――いつもより、道が倍にも感じられる。

松川が、東京へ戻っていて、しかもこんな近くに住んでいたとは……。

そう。――もちろん、今の京子には何の関係もないことだ。

京子が水城と結婚したように、松川も芳枝と結婚し、子供がいる身になった。それぞれが別々の家庭を持ち、別々の人生を歩んでいる。

もう、十二年たったのだ。

十二年前、二人の気持が、ちょっとした運命のいたずらですれ違ってしまったことで、二人はもう遠く離れてしまった。

それは誰のせいでもない。――京子のせいでも、松川のせいでも……。

強いて言えば、あの手紙を転送してくれなかった誰かのせいかもしれない。いや、その人の立場になれば、そもそもが、誤配した人に責任がある、ということになるだろう――。

誰を責めたところで始まらない。今になって、誰が悪いと言い出したところで、何も変るわけがないのだ……。

そう。もし、京子が松川と結婚したとして、今の京子以上に幸せだったという保証は、どこにもないのだから。

今、ここにある「現実」を、ありのままに受け入れるしか、ないのだ……。

京子は、思い切るように、足を早めた。


「——素敵な部屋ね」

と、芳枝は、リビングに落ちついて、言った。

「そう？　狭苦しくて。——実家が古い家で、庭も広かったから、何だか最初は息が詰まりそうだったのよ」

と、京子は、紅茶を出しながら言った。

「あ、いいのよ、構わないで」

「何言ってるのよ。——今日来るって前から分ってれば、ケーキぐらい買っとくんだったけど」

「ダイエット中の人にむごいこと言わないでよ」

と、芳枝は笑った。

ショッピングセンターでの出会いから、一週間たって、芳枝から電話があったのである。

そして、その二日後、芳枝が訪ねて来た。

子供が学校から帰るまで、ということで、まだ午前十時になったばかりだった。

「男の子、女の子？」

と、京子は訊《き》いた。

「男。——正志《まさし》っていうの」

「松川さんの名から字を取ったの？」

と、京子は訊いた。

「違うの。『正しい志』と書くのよ」

「松川さんらしいわね。志、大きかったからな、あの人」

京子は、少し間を置いて、「——でも、びっくりした。松川さんと芳枝が……」

「ごめんなさい」

「芳枝が謝ることないじゃない。——大学のころ、お付合いしてたの？」

芳枝は首を振った。

「もちろん、顔はお互いに知ってたけど……。でも、就職してからは、全然会ったことなかった」

「じゃあ、どうして――」

京子はそう言ってから、「ごめんね、差し出がましいこと訊いて。ただ、好奇心がね――」

「いいのよ」

と、芳枝は微笑した。

「じゃ、松川さんが会社辞めてから？」

「ええ。――あの人、地方で農業をやるんだって、何人かの仲間で農園を始めたのね。野菜、果物を作って、何年かは好調だったらしいの。借金も順調に返済していて……」

「それが？」

「仲間の一人がね、売上金を持って姿を消しちゃったんですって」

「まあ」

京子は唖然《あぜん》とした。

「銀行の預金も全部引き出されていて、残ったのは借金ばかり……。その始末に駆け回っているところへ、火事でやられてしまって」

「ひどいことになったのね……」

「結局、裸でまた東京へ戻って来たのね。——そんなときに、バッタリ……」

「偶然だったの？」

「まあ——そうね。どこで会ったと思う？」

「さあ」

「バーよ。それも、酔って暴れてる人がいて、誰かと思ったら、あの人だったの」

「松川さんが？」

京子は信じられない思いだった。——松川は酒は飲んでも決して乱れたりすることのない男だったのだ。

「今、仕事ってなかなかないでしょう？　あの人、何だか得体の知れない薬のセールスをやってたの」

京子は、胸が痛んだ。おそらく松川にとって、最も苦手な仕事だろう。

しかも、仲間に裏切られたというショックは、松川のようなタイプの人間には、深い傷となって残るはずだ。

「それを、芳枝が……」

「介抱したっていうほどじゃないけど」

と、少し照れたような顔になって、「でも、私のことを思い出すと、あの人も懐しそうでね。――しばらく話し込んだの。まあ……それがきっかけだったのよ」

「そう」

芳枝は、少しためらっていたが、やがて京子をじっと見つめながら、

「結婚したこと、京子に知らせなくて、ごめんなさい。でも――誰にも通知、出さなかったのよ」

と言った。

「そうだったの」

「ともかく――あの人、定職についてなかったし、私は三十過ぎてたけど、まだ父も元気だったしね」

「反対されたの？」

「そう。――私が妊娠《にんしん》しちゃったものだから、余計、気まずくなっちゃってね」

京子は肯いた。

「じゃ、結局は――」

「駆け落ち同然。でも、幸い、仕事も見付かって、次の年には、父も孫の顔を見に来てくれたわ」

「そう」

京子は微笑《ほほえ》んだ。「良かったわね」

「うん。――私、今は幸せよ」

と、芳枝は笑顔で言った。「途中入社で、給料はよくないから、こんな洒落《しゃれ》たマンションには住めないけど……。アパートよ、二間の」

「いいじゃないの、そんなこと」

「遊びに来てもらっても、座る所もないって感じ」

「そうね。松川さん、体が大きかったものね」

京子はそう言って笑った。

「本当！　今でも休みの日なんかにゴロゴロしてられると邪魔で仕方ないわ」

「まあ、可哀そう」

二人は、一緒になって笑った。

――芳枝が帰った後、京子は、タンスの引出しの奥から、あの松川の手紙を取り出した。

広げて、ゆっくりと読んでみる。

もう、何度読んだことか。いや、毎日、一度は目を通している。

真情に溢《あふ》れた文面を見る度に、京子の胸は痛んだ。それは、芳枝が、

「私、今は幸せよ」
と言うのを聞いたときに感じたのと同じ痛みのようだった。
後悔？　それとも嫉妬《しっと》か。――どっちにしても、みっともない話だ。
十歳にもなる子がいて、もう四十に近い母親が。十九や二十歳の娘ではあるまいに
……。
でも、京子は、つい考えてしまうのだった。
もし、松川が酔って暴れたバーにいたのが、芳枝でなく、自分だったら、と……。
京子は、また手紙をくり返して読み、それから、ゆっくりと封筒へしまった。

3

京子は、うっすらと汗をかいていた。

ずいぶん歩いて来たせいだ。

ほんの七、八分のはずだったが、電話帳の住所と、アパートだということだけしか分らずに、住いを探し当てるのは、容易なことではなかった。

馬鹿げた話で、そんなことなら、芳枝に訊《き》けば良かったのだ。電話番号だけは聞い

ていたのだから。

しかし、招かれもしないのに、押しかけて行くのは妙なものだった。

今日は、早目に買い物に出て、終らせてから松川のアパートを捜してみたのである。

だが――もちろん、突然、ドアを叩《たた》くわけにはいかない。平日だし、松川はいないだろうから……。

松川に会ってどうするというわけではなかった。大体、会いたいのかどうかすら、自分の気持が分っていないのだ。

ただ、松川の住いである場所を見たいという思いに引きずられて、ここまで来てしまったのである。

本当に、一戸ずつは狭くできているだろうと思えるアパートだった。古びていて、子供の遊び場も近くにはない。

ここの、どの部屋に、松川が住んでいるのだろう？

あまり近付くのは、ためらわれた。芳枝と出くわさないとも限らない。

ガタン、とドアの一つが開いて、二階から、カタカタとサンダルの音を立てながら、男が一人下りて来た。

京子は、その場から動かなかった。

松川は、手に小銭を持ってジャラジャラいわせながら、歩いて来た。

チラッと京子を見て、そのまますれ違って行ったが——。

足音が止った。京子が振り向くと、松川の大きく目を開いた顔が、そこにあった。

「——芳枝から聞いて、あなたが割合近くに住んでるとは知ってたけど……」

松川は、ポケットに手を突っ込んで、ゆっくりと歩いていた。——京子も、並んで歩いている。

「今日は、お休みなの？」

と、京子は訊いた。

「うん。水曜日が休み。不動産の仕事はたいてい水曜日なんだ」

「そう。知らなかった。——じゃ、家とか土地とか……」

「大した会社じゃないんだ。社員も七、八人しかいないしね」

松川は、肩を揺すった。学生のころからのくせだ。京子は、思い出してハッとした。

「皮肉なもんだよ」

と、松川は言った。「僕は土に生きるつもりだった。それなのに今は土地で商売をしてる。——似てるようで大違いだ」

「でも……元気そうだわ。芳枝も幸せそうだし」

「うん。まあね」

松川は、ふと足を止め、京子をじっと眺めた。京子は、鼓動が早まって、頬《ほお》がカッと熱くなるのを感じた。

「君は変らないな」

と、松川は言った。

さっき、「あなた」と呼んでいたのが、「君」になっていたのは、無意識のことだったのだろうか？

「そんなことないわ。もう三十八……。でも、それはあなたも同じね」

と、京子は微笑した。「あなただって、少しも変ってない」

「ありがとう」

と、松川は苦笑した。「残念ながら、うちにも鏡ってものがあってね。毎日、いやでも自分と顔を合わせてるんだ」

でも――変っていないわ。京子はそう言いたかった。

いや、想像の中で老け込んでいた松川に比べれば、ずっと若々しく思えたのだ。

たぶん……そう見えるように、ずっと老け込んだ姿を想像していたのかもしれないが。

話したいこと、聞きたいことが、山ほどあった。

しかし、京子は、

「もう、帰った方がいいんじゃないの？」

と、言っていた。「タバコを買いに出て来たんでしょ？」

「うん」

松川は、ポケットの中で小銭を弄《もてあそ》んでいるようだった。

「ずっと、タバコ、喫《す》ってた？」

「いや、ここ五、六年さ」

「そう。——うちの主人は、二年前から禁煙してるわ」

「偉いね」

「もう五回目ぐらいよ」

と京子が言うと、松川は楽しげに笑った。

京子も一緒に笑った。

まるで、それは大学時代そのままのような笑い声だった。

「——一度、遊びに来て」

と、京子は、大分気持が楽になって、言った。

「ありがとう」

「芳枝と正志君も一緒にね」

松川は、ちょっと笑って、

「親父に似ず、気の弱い坊主なんだ」

と言った。

「じゃあ……」

芳枝が、あまり帰らないと心配するだろう。

「会えて楽しかったよ」

と、松川が言った。

「私も」

京子と松川は、別れて歩き出した。京子は、ふと足を止めて、

「ねえ、タバコは？　自動販売機なら、そこにあるわよ」

と振り向いて言った。

松川も振り返ると、

「いいんだ。禁煙するよ」

と言った。

京子は、笑顔で肯《うなず》いた。

「頑張って」

そして二人は、逆の方向へと歩き出した。


その日の買物は、ともかく重かった。

お米をスーパーで買うようにしているからである。それに加えて、恵子の飲む牛乳も、水城の飲むビールも……。

とても、階段を上る気にはなれなかった。

エレベーターが下りて来て、京子は重いショッピングカーを中へ引き込んだ。三階のボタンを押す。

と――わきの階段を降りて来る足音が聞こえた。

セールスマンか何からしい、背広の後姿が、閉じる扉の間にチラッと見えた。

一瞬、どこかで見た人かしら、と京子は思っていた。もちろん、同じセールスマンが何度もここへやって来ることだってある。だから、別に見知っていて不思議ではないが。

――部屋へ着くと、京子は玄関で一息ついた。

この荷物を、台所へ全部運ぶのかと思うと、それだけでくたびれてしまう。

ドアの新聞受に、白いものが見えた。名刺らしい。

蓋を開けて、パタッと落ちた名刺を、拾い上げてみる。〈松川雅男〉とあった。

今の――あの、入れ違いにマンションを出て行ったのが松川だったのだ！

京子は、その名刺を手に、しばらく突っ立っていた。――どうということはない。

たまたまこっちへ来て、寄ってみたのだろう。当然、芳枝から、ここのマンションの名前も聞いていて……。

別に、入れ違いだったからといって――もう会えないというわけではないのだ。

それに、会えなかったとしても構わないではないか。今はもう他人――ただの、

「知人」に過ぎない人なのだから。

そう。残念がるほどのことでも……。

京子は、ドアを開けると、鍵もかけずに、駆け出していた。

階段を駆け下りて、マンションを飛び出す。――どっちへ行ったのだろう？

「やあ」

と、後ろから声がした。

振り向くと、松川が、背広姿で、マンションの入口に立っている。

「凄《すご》い勢いで走ってたから、どうしたのかと思ったよ」

「松川さん……」

京子は息を弾ませて、「今、あなた――」

「うん。名刺を入れて帰ろうとしたんだけどね。入れ違いにエレベーターで上ってったのが、何だか君だったような気がして戻って来たんだ。そしたら、君が凄い勢いで――」

「やめてよ」

京子は照れくさくて、赤くなった。「せっかくだったから、悪いと思って……。上って行って」

「じゃ、一つ商売でもやるか」

松川は手にしたアタッシェケースをポンと叩《たた》いて笑った。

――マンションの部屋に上ると、松川は、

「やあ、いい造りだな」

と、中を見回した。

「そう?」

「うん。――この時期のマンションは、造りがしっかりしてる。悪い時期のを買うと、水洩《も》りはするし、ひびは入るし、ひどいもんだよ」

　不動産の仕事をしている人間らしく、松川は、壁や柱を手で叩いたりして見て回った。

「――ずっと見せてもらっていいかい?」

「ええ、どうぞ。ずっとっていうほど広くないわよ」

　京子は、ガスの火にヤカンをかけて、笑った。

「いや、うちのアパートなんかに比べりゃ、天国だ」

　松川は、奥の部屋の方へ歩いて行った。

「どんな音も隣に筒抜け。子供が駆け回ると、すぐに下から苦情だ。――やり切れないよ」

「それは、ここでもそうよ。そんなに壁、分厚くは――」

　京子は、ハッとして、急いで、松川の後について行った。

　松川が、寝室の入口に立って、中を見ていた。――京子は、少し手前で足を止めた。

「散らかったままで……。片付いていないの」

　ベッドが乱れたままだった。――朝、車の音で早く目が覚めてしまった水城が、京子のベッドへ入って来たのだ……。

カーテンを引いたままだった。寝室の中は薄暗く、そこだけが、まるで夜のままのように見えた。

「松川さん……」

思うように声が出なかった。喉《のど》の辺りを、見えない手でしめつけられているようだ。

松川が振り向いた。——一瞬の後には、京子は、松川の腕の中にいた。

二人は、そのまま、乱れたベッドの上へと倒れ込んだ。

4

「行って来ます」

と、恵子が玄関を出て行く。

「行ってらっしゃい」

京子は、玄関から廊下へ出て、「——ね、恵子」

と呼んだ。

「なあに？」

「お母さん、今日ちょっと出かけて、もしかすると、帰りが間に合わないかもしれないから、誰かお友だちの所に寄って来ていいわよ」

「本当？」

「少し遊んだら、おうちへ電話してみて」

「分った！」

恵子は、飛びはねんばかりの勢いで、駆けて行った。

「転ばないで！」

と、京子は呼びかけた。

もう、恵子の足音は、階段を、ずっと下りて行っている。

京子は、部屋に上ると、仕度を始めた。

ボストンバッグを出し、着替えと、最小限の服を詰める。そして、昨日、銀行でおろして来たお金。

ともかく、お金があれば、差し当りは何とかなる。

もちろん、全部おろしたわけではない。むしろ、少な過ぎると思うほどの金額だった。

京子は着替えをした。——玄関のチャイムが鳴って、ハッとする。

夫が帰ったのだろうか？　まさか！　何も気付かれてはいないはずだ。

あれだけいつも用心して会っていたのだから……。

インタホンに出ると、親しい奥さんが、買物に誘いに来たのだった。

「ごめんなさい、今日は、ちょっと出かけるので……」

断ってホッと息をつくと、京子は、部屋の中を見回した。

「そうだ……」

ダイニングのテーブルで、京子は便箋《びんせん》を広げて、手紙を書き始めた。時計を見る。

――あまり、余裕はなかった。

どう書いたらいいのか、よく分らなかった。

いや、どう書いたところで、分ってはもらえまい。

〈許して下さい〉

と、一言書き、それから、少し考えて、

〈妻子のある男の人と、愛し合うようになってしまいました。二人で、新しい生活を始めるのです。あなたにも恵子にも、何の不満もないのに、本当にこんなことになるとは、自分でも思わなかったのです。ごめんなさい〉

これだけ書くのに二十分もかかってしまった。

ともかく、封筒に入れ、封をして、テーブルの上に置いた。

もう出なくては。——昼の列車で、発つことになっていた。

バッグを手に、京子は、マンションを出た。

——呆気《あっけ》ないほど、簡単なことだった。

東京駅まで、タクシーで、とも思ったが、これからは、お金も切りつめて生活しなくてはならない。電車で行くことにした。

——よく晴れた、爽《さわ》やかな日だった。

それが、京子にとってはとても重大なことのように思える。もし、冷たい雨が降りしきっていたら、とても惨めな気持になっていたかもしれない。

混んだ電車だったが、席がたまたま空いて、座ることができた。

そう。——先の長い旅なのだ。少しでも、楽にしていなくては。

松川の夢に、京子は賭《か》けているのだった。——もう一度、土に生きてみたい、という夢に。

「友だちに誘われてるんだ……」

ベッドの中で、松川は、ポツリと言った。

「え？」

「もう一度、やってみないか、って。——また借金を背負って、馬鹿な話だよ」

「あなたは、やりたいの？」

「さあ……。ただ、このまま、家を売って歩いて終りたくない」

「じゃ、やってみれば？」

「簡単に言うね」

と、松川は笑った。

「だって……」

「芳枝には話してみた」

「彼女何て言った？」

「まだそんな夢を見てるのか、って言われたよ。——とんでもない、ってね」

「そう」

「女房。子供。——考えると、できっこないさ」

「そう……」

「一緒に来てくれるか？」

あんまり当り前に言われて、京子は戸惑ったくらいだった……。

あの手紙のことも、もちろん、京子は松川に話した。もし、それが京子の手もとに届いていたら、たぶん、京子が松川と暮していただろう。

もう一度、時計の針を戻してやり直す。

あの手紙が、今度こそ正しく配達されたとして……。それからの人生を、やり直すとしたら……。

無謀かもしれなかったが、もう引き返すわけにはいかなかった。

京子は、車窓の風景に、じっと目をやって、何も考えまいとした。


約束した時間に、五分ほど遅れて、京子は東京駅の中の喫茶店に入った。ここで間違いないはずだ。

何度も確かめあった。

松川は、まだ来ていない。列車が決っているわけではないから、少し遅れても、別にどうということはなかった。

奥の方の席について、京子は、紅茶だけを注文した。

昼は、お弁当でも買って、列車で食べればいい。それが一番経済的だ。

ふっと息をついて、軽く目を閉じる。――やはり、ゆうべはあまり眠っていないのだ。

靴の音。――女性の靴だ。もう紅茶が来たのか、と思って、目を開けた。

芳枝が立っていた。

「——座っていい？」

と、芳枝は訊《き》いた。

「ええ」

芳枝は、向い合った椅子《いす》にかけると、紅茶を運んで来たウェイトレスに、

「アイスコーヒー。ガム抜きで」

と、注文した。「太ると困るものね」

二人は、しばらく黙っていた。

「——私はね」

と、芳枝が言った。「高校のころから、あの人が好きだったの」

「松川さんを？」

「そう。でも、あの人は、京子に恋してた。私にはよく分ったわ。でも、京子は知らなかったでしょう」

京子は答えなかった。

「大学でも、就職しても、私は、あの人のことは何でも知っていたわ。京子と付合っていたことも知ってた。でも——あの人には、夢があったから、あなたに思いを打ち

明けられなかったのよ」

芳枝は、テーブルの上に目を落とした。

「――私、あの人が会社を辞めたと知って……。もしかしたら、あなたに会いに行くんじゃないかと思って、あなたの家へ行ったの。そのとき、郵便受に手紙が入っていて――。差出人の名前が見えたわ。あなたの家は古いから、玄関のずっと手前に郵便受があったでしょう。――私、誰も見ていなかったので、とっさにその手紙を……」

京子は、目を見開いて、芳枝を見つめていた。

「あなたは、何も知らなかった。私、帰ってから、あの手紙を読んだわ。湯気で封を開けて、あとで元通りにできるように用心して。――だって、あなたに渡さなきゃいけないかもしれないから。内容を見て、迷ったわ。これを見せれば、きっとあなたは、彼を待つだろうと思った」

「芳枝――」

「私を責める？――ええ、好きなように言って。でも、私はあの人が好きだった。どうしても、自分のものにしたかったのよ」

京子は、震える声で、言った。

「お望みの通りになったわけね」

「ええ。バーで介抱したのも、いつもあの人のことを見守っていたから。あの人が、私に救いを求めて来るに違いないと思ったわ。――私は妊娠《にんしん》して、結婚した。あの人だって、立ち直ったわ。あの人のためにも、それで良かったのよ」

「芳枝……。じゃ、手紙を私のマンションへ入れたのも？」

「ええ」

芳枝は肯《うなず》いた。「なぜ、わざわざ主人とあなたと近づけるようなことをしたのかって？――お節介な友だちがいたからよ」

「誰のこと？」

「また、あの人に昔の夢を思い出させる友だちよ。農園をやろう、だなんて！　いくつだと思ってるのかしら。――でも、あの人は、諦《あきら》め切れなかった。夢が忘れられなかったのよ」

芳枝は首を振った。「うまく行くはずがないわ。せっかくここまで、三人の家庭を作って来たのに、またゼロに逆戻りなんて、とんでもない！――そんなときに、京子、あなたの姿をショッピングセンターで見かけたの。あの手紙のことを思い出したわ。引出しの奥に、しまい込んであった手紙を」

「じゃ、わざと私とあの人を——」

「そう。——もちろん、主人があなたと浮気しているのも知ってたわ。それでも良かったのよ。あなたとの浮気で、あの夢の方は忘れるだろうと思ったの。それなら、少々の浮気は我慢しよう、と……。でも、まさか、あなたがこんなことまでするとは思わなかった」

京子は、血の気のひいた顔で、口をつけていない紅茶のカップを見つめていた。

「ご主人も娘さんも放り出して、本気でやり直すつもりだったの？」

と、芳枝は首を振った。「松川は、昔の彼じゃないわ。気の小さな、平凡な男よ。様子がおかしいので問い詰めたら、何もかもしゃべったわ。泣いて、私に詫《わ》びた……。今日はいつも通り、会社へ行ってるわよ」

——アイスコーヒーが来た。

「京子も、家へ帰れば？　もう、夢を見てる年齢《とし》じゃないわよ、私たち」

芳枝は、アイスコーヒーを一口飲んで、顔をしかめると、「ガム抜きで、って言ったのに！」

芳枝は立ち上った。

「それにね、京子。私、また妊娠してるの。あなたとの浮気のおかげかもね。私にもつかってたから、あの人」

芳枝は微笑《ほほえ》んだ。「じゃ、京子、さようなら」

——京子は、じっと身じろぎもせず、芳枝が出て行った店の扉を見つめていた。

店を出たのは、三十分もたってからのことだった。紅茶には、ついに口をつけなかった。

駅の公衆電話から、京子は夫の会社へ電話を入れた。

「——あの、水城をお願いします。家内ですが」

少し間があって、同僚の男性が出た。

「あ、奥さんですか。いや、実はお嬢さんの学校から会社へ電話がありましてね。何だかけがをしたとかで、お嬢ちゃん。で、水城、飛んで帰りましたよ」

「娘が——ですか」

京子は、膝《ひざ》が震えて、立っていられなかった。「どうも——どうもすみません」

京子はよろけるように歩き出した。

涙が、初めて溢《あふ》れ出す。目の前がくもって、人にぶつかりながら、歩いて行った。


玄関のドアは開いていた。

恵子の靴と、夫の靴が並んでいる。

「恵子！——あなた！」

奥へ駆け込んだ京子は、ベッドに起き上って、マンガを読んでいる恵子を見て、足を止めた。

「——恵子！」

「足を挫《くじ》いちゃったんだ」

と、恵子が言った。「でも、骨は大丈夫って。さっきお父さんに病院へ連れてってもらったんだよ」

「そう……」

「お母さん、もう、ご用、すんだの？」

「え？——ええ、そうよ」

京子は、ダイニングへ入って行った。テーブルの上の手紙は、封が切ってあった。

ボストンバッグを落として、京子は、椅子《いす》にかけ、深く息をついた。

——一体自分は何をしたのだろう？

玄関に物音がして、夫が入って来た。

「——やあ」

　と、京子を見て、言った。「お帰り」

「あの――恵子は……」

「うん。二、三日休めばいいそうだ。よく分ったな」

「会社へ……電話したの」

　と、京子は言った。

「そうか。いや、ジュースがほしいっていうから、近くまで買いに行ってたんだ」

「あなた……。これ、読んだんでしょう」

「うん」

「私――どうかしてたんだわ」

「そうかな」

　水城は首を振って、言った。「たまにはどうかしない人なんて、いないいんじゃないか」

　京子は、夫がその手紙を手に取って、ポケットに入れるのを見ていた。

「これは大切に取っとくぞ」

　と、水城は言った。「君から手紙をもらったのなんて初めてだからな」

「あなた……」

「それも、何と、僕に『何の不満もない』と書いてある！　こいつは取っといて、夫婦喧嘩《げんか》のときに利用しない手はないな」

京子は泣き笑いの顔になって、夫を見ていた。

「――お父さん！」

と、恵子の声が飛んで来た。「早くジュースちょうだい！」

皆勤賞の朝

1

夜の中に、何かが動く気配があった。

サッ、サッ、サッ、と芝生《しばふ》の短い草を踏む足音。その軽い足取りは、少しも無気味ではなく、むしろ愉《たの》しげでさえあった。

見てろよ。絶対に邪魔はさせないからな……。

充分に練習は積んだのだった。何といっても、集中力にかけて、彼の右に出る者はないと言っていいくらいなんだから。

でも、このままでは暗過ぎた。少し月でも出てくれないだろうか？

サッ、サッ、サッ。

あいつが散歩している。夜中に歩き回るなんて、変な奴《やつ》だ。そんな奴、いなくなったって、誰《だれ》も困りゃしない。そうだとも。

風があって、梢《こずえ》がガサゴソ音をたてた。

今は風のある方が都合がいい。音をたてても、そう簡単にゃ気付かれないだろうから。

柵《さく》の合間から、芝生をゆっくりと進んで行く黒いものが見えた。しかし、その形は曖昧《あいまい》すぎて、とても標的にはならない。せめてもう少し——もう少しはっきり見えたらいいのに……。

人が通らないかと気になって、彼は自分がしゃがんでいる道の両側を眺め回した。

——大丈夫、誰も来るもんか。

この辺は、十一時を過ぎたら真夜中なのだ。都心の方へ行けば、十二時や一時は、まだ「夜中」の内には入らないのだが、この辺のような住宅地は、夜にはただ眠ることしか知らない。

——突然、あいつが吠《ほ》え始めて、ギクリとした。でも、大丈夫。声は遠い。

こっちに向って吠えているわけじゃないのだ。大方、通りかかった野良犬か猫を見付けて、苛々《いらいら》しているのに違いない。

吠えろ、吠えろ。もうすぐ、静かにさせてやるからな。

窓のカーテンが開いて、明るい光が、芝生に落ちた。もちろん、光は彼のいる所までは届かないのだが、それでも一瞬、ヒヤリとしたのは事実だ。男は窓を開けて、

「おい、レックス！　どうした？」

レックスだって！　気取った名をつけやがって！

レックスが、主人のいる窓の下へやって来て、訴えるように吠えた。

「よしよし。——その辺の野良なんか放っとけ。いいな」

頭の禿《は》げた所だけが光って見える、シルエット。——窓が閉り、カーテンが引かれると、また夜はもとの暗がりに戻った。

黒い犬は、諦《あきら》め切れない様子で、主人のいた窓の下をうろうろしていたが、やがて、また庭のあちこちを、サッ、サッ、サッ、と音をたてながら、歩き回り始めた。

——雲が切れた。

やった！　空を見上げると、動きの早い雲の間から、月がまぶしいくらいの光を投げかけて来る。

ちょうど映画で、新しい場面が始まる時みたいに、闇《やみ》の中から、庭の光景が浮かび上って来た。

そうそうのんびりしちゃいられないのだ。

彼は包みを地面に置いて、広げた。弓と、矢が三本。――一本で充分だと思ったが、念のためってことがある。

少しも怖気《おじけ》づいてはいなかった。別に手も震えていない。大丈夫。絶対うまく行くもんさ。自信を持てば。

矢を弓につがえる。ぐいと引いてみると、快い手応《てごた》えがあった。そう強い力は必要ないのだ。何しろ相手が相手だし、そう距離もない。

レックスは、どこか庭の隅へ行っているらしく、見当らなかった。

早く――早く戻って来いよ。月明りがたっぷり照らしている間に。

サッ、サッ、サッ。――来た！

力をこめて、弓を引く。力を入れすぎるとしくじる。落ちついて。いつもの通りにやるんだ。相手はただの標的だと思って……。

レックスが、視野に入った。――行くぞ！

レックスは、動物の本能で、危険を察知したらしい。ピタリと足を止めて、柵の方へ目をやった。

人間なら、身を伏せるか、取りあえずはどこかへ隠れるのだろうが、レックスは違った。

真直《まっす》ぐに柵の方へ向って来たのだ。

ウー、と低い唸《うな》り声が耳に届いた。その声は憎しみを感じさせた。殺そうとする意志を露《あら》わにしていた。

タッ、タッ、タッ、タッ。――駆けて来る。こっちへ真直ぐに。

その気になれば、あいつは簡単に柵なんか飛び越して来る。そしてこっちの喉《のど》をかみ切るんだ。口を開け、ガーッという唸り声を発しながら、黒いしなやかな体が、迫って来た。

シュッ、と矢が彼の左手の指をこすって、放たれた。ためられたエネルギーの総《すべ》てをこめて、矢は狙《ねら》い通り、真直ぐに飛んだ。

ドサッ、と黒い塊が倒れた。――同時に月が再びかげって、自分がひき起こした結果とはいえ、あまり見たくなかった光景を、うまい具合に隠してくれた。

ゴーッ、ゴーッ、とかすれた音が聞こえて来た。しかし、もう犬は動かない、そう長いことはないだろう。

彼は立ち上って、息をついた。――やっと、自分が汗をかいているのに気付いた。

「やった」

と、呟《つぶや》く。「やっつけたぞ」

しばらくぼんやりと突っ立っていたらしい。遠くに車の音を聞いて、ハッと我に返る。

馬鹿！　しっかりしろ！

手早く弓と残りの二本の矢を包むと、それをかかえて歩き出した。駆け出したかったが、もし誰かに見られていたら、却《かえ》って妙に思われるだろう。

歩いて、ほんの五分足らず。――彼は家の勝手口から中に入った。

弓と矢を廊下へ置いて、洗面所に立つ。水を出して、思い切り、顔を洗った。

タオルを取って、顔を拭《ふ》き、目の前の鏡を見ると、そこにはいつもと少しも変らない自分の顔があった。

犬を殺して来たからといって、目がつり上ったり、牙《きば》をむいたりするわけじゃないのは当然だ。でも実際、その顔は、いつもの通りに宿題が終った時の、さっぱりした顔、いや、多少とも緊張していたとすれば、テストが済んだ後の顔とでも言った方がいいかもしれない。

そう。特別に変ったところのない、十二歳の少年の顔である。

「――正人《まさと》」

鏡の中に、母の顔が現われた。「どうしたの?」

「別に」

と、少年は答えて、タオルをタオルかけに戻した。

「どうだったの?」

と、母親は訊《き》き直した。

「うん」

少年は肯《うなず》いた。「一発で仕留めたよ」

「そう!」

母親がニッコリ笑った。「凄《すご》いわ! 大したもんね」

「弓と矢を片付けといてよ」

と、正人は言った。「僕、お風呂《ふろ》に入るから」

「ええ、いいわよ」

母親は、廊下に置いてあった弓と矢を拾い上げると、息子の後ろ姿へ、声をかけた。

「正人。これ——取っとくの?」

「だめだよ」

正人は、ちょっと振り向いて言うと、そのまま階段を上りながら、「どこか、遠くで捨てて。見付かるとやばいもん。そう簡単に燃えないしね」

「分ったわ。ちょっともったいないかと思っただけ」

「ほしかったら、また買えばいいじゃない」

と、正人は言った。

「そうね。――もちろんそうだわ」

「ママ」

正人は、思い出したように、「シャンプー買っといてくれた？」

「ちゃんとお風呂場に置いてあるわ」

正人は、やっとニッコリ笑った。

「さすが、ママ！」

トントン、と軽い足取りで二階へ上って行く。

母親は、まるで恋人に「すてきだよ」と言われた若い娘のように、嬉《うれ》しそうに頰《ほお》を染めた。

そして、正人の弓と矢を、もう一度ていねいに、布でくるみ直した……。

2

「行って来ます」

と、正人が玄関で言ったが、石原智子《いしはらともこ》は、急に胸が一杯になって、言葉が出なくなってしまった。

正人は、二、三歩行きかけて、不思議そうに振り向いた。智子は、やっと笑顔を作って、

「行ってらっしゃい……」

と、手を上げて見せた。

「遅れないでね。卒業式は十時からだよ」

「ええ、ちゃんと行くわ」

智子は肯いて見せて、「あなたが皆勤賞をいただくのに、親が遅刻してっちゃ、みっともないものね」

正人は、ちょっと笑って、そのまま足早に歩いて行った。

智子は、正人の姿が、角を曲って見えなくなるまで見送ってから、ゆっくりと家の

中へ戻って行った。――上って、ダイニングに入っても、何もする気になれない。

椅子《いす》にかけて、ぼんやりと頬づえをつき、正人が食べた後の、空になった皿やモーニングカップを眺めている。

正人……。よく頑張ったわね。

「偉かったわ」

と、智子は呟《つぶや》いた。

もちろん、正人に向けて、そしていくらかは自分自身にも向けた言葉である。

小学校六年間。無欠席。遅刻も早退もなし。――今日は、卒業式で、正人は校長先生から、皆勤賞を受け取ることになっている。

全卒業生の中で、正人一人である。一日も休んでいないという子は、他にもいたが、一度や二度は遅刻や早退があった。

「病気をする、けがをする。――これはご家庭での健康管理が不足しているからです」

入学式の時の、校長の話は、今も智子の耳に響いている。イントネーションの一つ一つまで、はっきりと。

「やむを得ない事情があれば、遅れても遅刻とはしない、という学校もあるが、とんでもない！　『遅刻』とは、読んで字の如《ごと》く、決った時刻に遅れることだ。事情によって、などとは、どこにも書いていないのです！　電車のストライキがあれば、前もって別の交通機関を調べておけばよろしい。台風も、大雪も、もちろんやって来る。しかし、そんなことは分り切っていることだ。学校に遅れていいという理由にはなりません！」

校長は、一切の妥協を許さない人だった。

「こういう理由だから仕方ない。こんなわけがあるなら、当り前だ。――こういう態度は、風邪《かぜ》を引いていたからテストができなかった、という言い訳に通じるのです！　受験に、言い訳はない！　受験は、最も寒い季節にぶつかるのです。風邪も引きやすい。雪も降る。しかし、受験は待ってくれない。――その戦いに臨むには、一切の言い訳を許さないという決意が必要なのです！」

聞いている母親たちは、咳払《せきばら》い一つしなかった。校長の力強い言葉に、圧倒されていたのだ。

入学式の帰り道、早速、体をきたえさせようと、子供をスイミングスクールへ入学させる親が、何十人もいたという……。

正人の通っている小学校は、受験名門校として知られている。四年生からは毎週のテスト。加えて、連夜の塾。

そのハードスケジュールの中で、いかにして子供を寝不足にせず、体をこわさずに学校へ送り出すか。――この小学校の生徒たちの母親にとって、それは、子供とは違った意味での戦いでもあったのだ。

お弁当を工夫し、塾への送り迎えは車にして、その中で少しでも眠らせるようにする。そのために智子は免許も取った。

万一、電車が事故で遅れた時のために――正人は電車通学である――タクシー代と、渋滞に引っかからない道順を書いたメモを常に持たせる。六年間で二度、正人はそういう事態にぶつかったが、ちゃんと時間までに学校へ到着していた。

しかし、どんなに気を付けていても、風邪を引くこともあるし、けがもする。

智子は、近くの医者に、年中品物を贈って、早朝でも、熱を下げる注射を射ってもらったり、薬を出してもらえるようにしておいた。

正人も、もちろん頑張っていて、四十度近い熱でも、注射と解熱剤《げねつざい》で、登校し、もたせたことがあった。――帰り、改札口で待っている母を見て、正人はその場に倒れてしまったものだ……。

――そう。

よく頑張ったわ！

正人は、常に学校でもトップクラスの成績で、入試も第一志望校にみごとにパスしていた。智子にとって、もちろん、それは何より嬉《うれ》しいことには違いなかったが……。

しかし、それだけでは、まだ「勝利」は完全ではなかった。

全校でただ一人の皆勤賞！——それを、正人はやりとげたのだ。

いや、正人だけの力では、もちろん、ない。正人と智子、二人の力だった。

母と子は、いわば「戦友」だったのだ……。

「——あら、あなた」

智子は、夫がいつの間にかダイニングの入口に立っているのに気付いて、びっくりした。

「どうしたの？」

「どうした、じゃない。会社へ行くんじゃないか」

石原正忠《まさただ》は、いつもの通り、くたびれ切った様子で、ダイニングへ入って来た。

「そうだったわね。——ちょっと待ってて。すぐ仕度するわ」

「何だ、コーヒーも入ってないのか」

「正人、今日が卒業式ですからね」

「うん……」

一人っ子の正人のため、といえば、どんなことでも我慢しなくてはならない。石原は、経験から、それをよく知っていた。

「俺《おれ》も……行かなくていいのかな」

と、石原はおずおずと言った。

「忙しいんでしょ。無理しなくてもいいわよ」

「そうか……」

石原は、「新聞は？」

と訊《き》いたが、妻の耳に入っていないと気付いて、自分で取りに行った。

智子は、夫のために卵を焼きながら、正人が全卒業生の——いや全校生徒の前で皆勤賞を受け取る場面を想像して、つい微笑《ほほえ》んでいるのだった……。

家を出た正人は、足早に駅への道を辿《たど》っていた。

今日はいるかな？

あいつ、二日に一度は遅れて来るんだからな！——もちろん、遅れて来るのを待ってたりする暇はない。

た。

正人は、ちょっと手を上げて見せた。

戦友にだって、打ち明けられないことはある。このこ、、とは、母の智子も知らなかった。

「あ、いたいた」

「正人君！　おはよう」

と、直井朋美《なおいともみ》が駆けて来る。

「おはよう」

同じ小学校へ通う少女である。朋美は正人より一年下だった。しかし、この年代では女の子の方が発育も早いので、背丈は正人と変らず、見た感じは、同じ年齢に見えた。

「やったね！」

と、朋美が言った。

「何だよ」

「皆勤賞。――今日でしょ」

「まあね」

「凄《すご》い！　一人だけでしょ、学年で。私なんか今年一年だけだって、四日も休んじゃったわ」

「一日休みゃ、同じだよ」

「そうだね。もともと、狙う気もなかったし。うちのママ、正人君のママみたいに熱心じゃないから」

「働いてるんだろ。しょうがないさ」

「そうね。私が賞なんかもらったりしたら、却《かえ》って、うちのママ、びっくりして病気になっちゃう」

と言って、朋美は笑った。

朋美は、あの小学校の中では決して成績のいい方ではなかった。どっちかというと、「落ちこぼれ」の方だ。

中学も受けずに区立へ出ると決めていた。父親がいないという経済的な事情もあったようだ。

しかし、たいてい、成績の悪い子がいつもふさぎ込んだりしてしまうのとは違って、朋美はいつも明るい。持って生れた性格というものだろう。だから、正人は却って気が楽なのだ。

この近所に、あの小学校へ通っている子はいないわけではなかったが、朋美は会っていて一番ホッとする相手だった。

「ねえ、正人君」

と、朋美が言った。「今日はお父さんも来るの？」

「知らないな」

「どうして？」

「いつも帰りが遅くて、話したことないからさ」

「ふーん」

朋美は肯いて、「うちのパパはいつも帰り、早かったけどね。やっぱ、偉くなんなかった」

朋美の父親は、二年前に病気で死んでしまった。――母親は、朋美の下にも五つの女の子がいて、働くのも大変らしい。

しかし、朋美を見ていると、そんなところが全く感じられないのである。それは正人から見ても、不思議なくらいだった。

「――あの犬、またいるかなあ」

と、朋美が言った。

正人は何も言わなかった。――大丈夫。もうあいつは吠《ほ》えたりしないさ。

「ちゃんとつないでくんなきゃね」

と、朋美は言った。

「そうだな」

あの家が見えて来た。

正人は、一度、あの犬が柵から道へ出て来てしまっていて、ここで足止めを食ったことがあるのだ。

見るからに強そうな黒い犬は、正人が近付こうとすると、牙《きば》をむいて吠えたてた。まるでこの道を誰も通すもんか、とでもいうように。

正人は、駅へ出るにはこの道を通るしかなかったので、大声で飼主を呼んだり、弁当のおかずを出して犬にやってさえみたのだった。しかし、犬は相変らず激しい敵意をむき出しにして、正人に吠え立てるばかりだった……。

ここで、結局正人は二十分近くも足止めを食って、やっと起き出して来た飼主の老人が犬を中へ呼び入れてから、駅へ向って駆け出したのだった。辛うじて学校には間に合ったが、着いた時は汗だくで、心臓が飛び出しそうな勢いで打っていた。一時間目のテストは散々の出来だったのだ……。

当然、母がその夜、正人の話を聞いて、あの家へ怒鳴り込んだ。しかし、相手は一人暮しの頑固な老人で、ただ激しい言い合いになっただけに終った。

母は警察や保健所へ談判に行って、飼主にも、犬をつないでおくようにという注意があったものの、実効はまるでなかったのである。

しかし――もう大丈夫だ。

何も起りゃしない。あいつはもう息の根を止められちまったんだからな。

「あら」

と、朋美が言った。「犬がいないわ」

「どこかで寝てんのさ」

「いつも庭の中をうろうろしてんじゃない」

「もうぼけてんのかもな」

と言って、正人は笑った。

二人は、その家の前にさしかかっていた。正人の目はつい、ゆうべあの犬を仕留めた辺りへと向いていたが、そこには何もなかった。

きっと、もうあのじいさんが見付けて、どこかへ運んで行ったんだ。もしかすると、庭の隅にでも埋めたのかもしれない。

二人は――何となく、足を止めた。

「あれ、何？」

と、朋美が言った。

歌のようだった。いや――歌というより、ただの、調子をつけたおまじないみたいだ。

「何かな」

と、正人は言った。「――行こう。遅くなるよ」

「うん……」

朋美は、気にしながら歩き出したが――。

「正人君！　見て！」

と、声を上げた。

振り向いた正人は、庭をあの老人が歩いているのを見た。しわくちゃのパジャマを着て、裸足《はだし》だ。そして――両腕で抱きかかえているのは、あの黒い犬だった……。

「ほれ。――起きろ、レックス。――もう朝じゃないか。――いつまで寝てるんだ。お前はもっと早起きだったぞ、ええ？――早く起きてくれ。飯をやらんぞ。――レックス、目を覚ませよ……」

老人が、犬に向って話しかけているのだった。それが、のっぺりした平坦《へいたん》な口調で、妙な調子がついているので、まるで歌っているように聞こえたのだ。

しかし、犬が目を覚ますはずのないことは、誰が見てもすぐに分った。——その首に、矢が深々と刺さったままになっていたからだ。

正人は、老人が、まるで赤ん坊をあやすように、大きな犬を揺さぶりながら、

「ほれ、起きろ。——レックス、目を覚ませよ、おい」

と、呟き続けているのを見て、さすがに気味が悪くて、膝《ひざ》が震えそうになった。

「行こうぜ」

逃げるように歩き出す。——そして、しばらく行って振り向くと、朋美はまだあの庭の前に立っていた。

「何してるんだ！」

と、正人は叫んだ。「置いてくぞ」

朋美は、正人に追いついて来た。顔から血の気がひいて、じっと目を伏せている。

「——いつもの電車に間に合うかな」

と、正人が言った。

「正人君ね」

と、朋美が言った。

「何だよ？」

「あの犬、殺したんだね」

正人は、朋美を見た。

「馬鹿《ばか》言え」

「私、見たことあるもん」

「何を？」

「正人君が、弓矢を持って、どこかへ行くところ。あんな物、持ってるんだ、って、びっくりした」

「僕じゃないよ」

「嘘《うそ》」

「嘘だって言うのか！」

足を止め、正人は朋美をにらんだ。

朋美がすぐに謝るだろうと思ったのだが、そうはいかなかった。朋美は、じっと正人を見返したのだ。

「――分ったよ」

と正人が言った。「僕がやったんだ」

朋美は、肩を落として、息を吐いた。

「あいつのおかげで、学校に遅れるところだったんだぞ。皆勤賞を取りそこなうところだったんだ。僕のせいでもないのに！　冗談じゃないや！」

朋美は、じっと正人を見ていた。目に涙が光っているのを見て、正人は、ちょっとたじろいだ。

「――そうだろ。つないどかないのが悪いんだ。警察が言っても、言うこと聞かないから……。あのじいさんが悪いんだ！」

朋美は、目を伏せて、言った。

「先に行っていいよ」

「どうして」

「一緒に行けない」

「どうしてだよ」

朋美が黙って首を振ると、涙が頬《ほお》を落ちて、急いで拳《こぶし》で拭《ぬぐ》った。

正人は、ちょっと肩をそびやかして、

「じゃ、行くぞ」

と、言って歩き出した。

しばらく歩いてから、振り返ってみる。

朋美が、きっとついて来てるだろう、と思ったのだ。でも——朋美の姿は、曲った道の向うに隠れて、もう見えなくなっていた。

正人は、少しがっかりしたが、すぐに足を早めて駅へ向った。いつもの電車に、何とか間に合うかもしれない。

3

本当に、正人はその女に気が付かなかったのだった。

別に、知っていて、知らないふりをしたわけじゃない。正人だって、気付いていたら、ちゃんと席ぐらい代ってやったのだ。

——電車に乗って、座れるなんてことは、一か月の内、一度あるかどうかだった。だから、いつもの電車に間に合ってホッとした正人は、たまたま立った目の前の乗客がすぐ次の駅で降りて、座れた時、何ともいい気分だった。

それに、朝の内は少し曇っていた空も、すっかり晴れて来て、今日の卒業式は最高の日和《ひより》になりそうだ。

朋美のことで、少し気が滅入《めい》っていた正人だったが、こうもいいことが重なると、すっかり嬉《うれ》しくなって来る。

気にすることないんだ。朋美だって、あんなのを見てショックだっただけさ。明日になりゃ、

「正人君、ごめんね、昨日は」

って、謝って来る。

もし謝って来なくても——別にどうってことないさ。

大体、朋美としゃべってたって、何も面白いわけじゃないもんな。向うがいやなら、別に話なんかすることないんだ……。

——正人は、座って、ぼんやりと電車の中の大人たちを眺めていた。

正人がぼんやりするなんて、本当に珍しいことだ。

といって、中学の入学まで、何もすることがないわけじゃない。何しろ、中学へ入れば、すぐテストがある。その結果で、成績別にクラス分けされるのだ。

そのテスト目指して、頑張らなくちゃ。

しかし、他のどんな学校から来た奴《やつ》にも、負けない自信はあった。

今日はともかく、卒業式で、そして、皆勤賞を受ける日だ。今夜はママと二人で、

どこか外でおいしいものを食べよう……。

目の前に立っていた女性には、正人も目を止めていなかったのである。

突然、誰かが自分の方へ倒れて来て、正人はびっくりした。

「――どうしました」

と、隣の席の男がその女を支えて、「君、席を代ってやりなさい」

正人は、言われなくたって代るよ、と言いたいのを、何とかのみ込んで立ち上った。

「――すみません」

その女は、青白い顔に、汗を浮かべていた。

「大丈夫ですか……」

何だかいやにきざな隣の席の男は、芝居がかった調子で、女に訊いた。

正人は、面白くなかった。その女が若くて、ちょっと可愛《かわい》いから親切にしてるんだ、こいつ。

「少しめまいがしただけです」

と、女は言って、息をつくと、正人の方に顔を上げ、「ごめんなさいぬ、立たせちゃって」

と、言った。

「いや、子供は立ってりゃいいんだ」

と、そのきざな男はしたり顔で、「大体、今の子はね、公徳心に欠けてるんですよ」

正人はムッとした。大きなお世話だ！

よっぽど場所を代ろうと思ったのだが、ともかくもう混《こ》んで来て、とても動けない。

あと十五分ほどだ、何とか我慢しよう、と思った。

正人は窓の外へ目をやった。——見慣れた風景だが、今日でお別れだ。

中学校は、この電車の途中で乗り換えて行くことになるのだ。

「あら」

と、女が言うのが耳に入った。「おかしいわ」

「どうしました？」

と、隣の男がお節介に口を出す。

「いえ……。でも、確かに……」

と、女は首をかしげている。

「何かなくなったんですか？」

「ええ。あの——このバッグの口が開いてたんです、今見たら。それで……」

「何かなくなった物が？」

「ええ。あの——お財布が」

周囲の人たちも、聞くとはなしに、話を聞いていたのだろう。何となくドキッとした様子で、その女の方を見る。

「そりゃ大変だ」

と、男は真面目《まじめ》くさった顔で肯いた。「しかし変ですね、バッグの口が開いているというのは」

「ええ、しっかりした口金で、そう簡単には開かないんですけど……。いやだわ、どこで落としたのかしら」

「落としたとは限りませんよ」

と、男は言った。

「え？」

「すられたとも考えられる。そうでしょう」

「——まさか」

と、女は当惑した様子で、「だって、用心してますわ、ちゃんと」

「しかし、さっきはめまいがしたんでしょう？　その時なら、抜かれても分らないでしょう」

などない。

「それは……。でも、今さら捜しようがありませんものね」

女は、自分の足下を覗《のぞ》いて見ていたが、ともかくひどい混みようで、捜し回る余裕などない。

「いや、やはりおかしい。すられたんですよ、きっと」

ドジなんだよな、全く、と正人は思った。落としたにしろ、すられたにしろ、自分がぼんやりしてるからいけないんだ。

いい年齢《とし》して、そんなことも分んないのかな。——正人は、窓の外の風景を眺めていた。

あと十分くらいで着く。

途中駅では乗って来るばかりで、ほとんど降りる客はいないので、混む一方だった。正人が降りる駅では、かなり大勢の客が降りるので、降りそこなうということはない。

もう少しだ。——せっかく座れたのにな。ま、仕方ないけど……。

「——君。ちょっと、君」

自分に向って呼びかけた声とは思わないので、正人は、ぼんやりと車内吊《づ》りの広告などを見ていた。

「おい！」

と、腕をつつかれて、正人は初めて気が付いた。

あの女の隣に座ったきざな男が、額にしわ寄せて、正人をにらんでいる。

「何ですか」

と、正人は言った。

「どうして返事しないんだ」

と、男は言った。

正人はムッとした。

「――知らない人と話しちゃいけない、って言われてるんです」

我ながらいい答えだと思った。男は馬鹿にされたと思ったのか、

「子供のくせに、生意気な口をきくな！」

と、怒って言った。

「あの、もう結構ですから」

と、女が取りなすように言った。

「いや、一応確かめた方がいい。――おい」

「何ですか」

「ポケットの中のものを全部出してみろ」

正人は、さすがに顔を真赤にして、

「冗談じゃないや！」

と、叫んだ。「何だっていうんだよ！」

「その口のきき方は何だ！」

男が立ち上って、正人の胸ぐらをつかんだ。

怖かったが、一方では馬鹿にするだけの冷静さも、正人は持ち合せていた。要するに、この男は、若い女の前で、いい格好をして見せたいだけなんだ。

「僕が泥棒だって言うんですか」

正人はその男をにらんだ。

「だから、出してみろと言ってるんだ！」

——正人は、ズボンのポケット、上衣《うわぎ》のポケットを次々に引っくり返して見せた。ハンカチ、ティシュ、定期入れ、そして自分の財布。

「これ、僕のだよ」

と、正人は言った。

男は、正人の財布を取り上げると、女の方へ、

「これじゃありませんか？」

と訊《き》いた。

「いえ違います。私のは赤い布の……」

「返してよ」

正人は財布を取り返して、「どこにもないだろ？」

と、言ってやった。

「どこかに隠してるんじゃないのか？」

と、男の方はしっこく正人に絡む。

「あの――もう本当に――」

と、女が男を止めようとした。

「――ねえ、これと違う？」

と、年輩の女性が、混んだ人の間に体を割り込ませて来て、「今、靴で踏んでたの」

踏みつけられて、大分汚れてはいたが、赤い布の財布だ。しかし、当の若い女は、それを見て、すぐには何も言わなかった。

まさか、という表情が、その目に浮んでいる。――ギュッと両手を固く握りしめた。

「この財布ですか」

と、男が受け取って「どうです？」

若い女の膝《ひざ》の上にのせる。――女は、それを、両手で挟むように持つと、

「この財布です」

と、言った。

ホッとした気分が流れた。

男の方は、まだ諦《あきら》め切れない様子で、

「しかし、一応、中を確かめた方がいいですよ」

と、言った。

「大丈夫です。落としただけですわ、私が。お騒がせしてすみません」

女は顔を伏せた。

正人は、じっと男をにらみつけてやった。男の方も、多少はきまりが悪いのだろうが、むしろ強気な顔で、フンと鼻を鳴らして、正人を見ると、自分の席に座ろうとした。

ところが――こんな混雑した電車では、一旦《いったん》立てば、もう「座っていい」という意思表示をしたのも同じだ。

男が立った後、かなり太ったおばさんがさっさと座ってしまっていた。男の方はま

るでそれに気付かずに、そのおばさんの膝の上にドサッと腰をおろしてしまったのだ。

「キャッ!」

と、おばさんが声を上げたので、男はびっくりして飛び上った。

周囲が一斉に笑い出した。男は、真赤になって、混雑を強引に押し分けて、どこかへ行ってしまった……。

正人は、笑いをかみ殺していた。——みっともない奴《やつ》!

ふと、前の席の女性に目をやる。彼女は正人をじっと見ていた。その目は、冷たくて、同時に燃えるようだった……。

——駅に着くと、正人は人の流れに巧みに身を任せて、車両からホームに出る。

階段に向って歩きながら、目はホームの時計に向いていた。いつもより少し早いくらいだ。

やった!——後は、歩いて十五分の道。

もう誰にも邪魔させないぞ。正人は、階段を軽やかな足取りで降り始めた。

でも——危ないところだった。

もしあの財布が、正人の上衣のポケットから見付かっていたら……。今ごろは駅長室にでも連れて行かれて、あれこれしつこく訊かれていただろう。

正人は、上衣のポケットに何かが入っているのに気付いた。そして、こっそりと床へ落とし、後ろへけっておいたのである。

あの女の表情を見て、正人には、彼女がわざと財布をポケットへ放り込んだのだと分った。たぶん、正人の上に、どっと倒れかかって来た時に。

ただ、失敗したのは、あの財布が少し角張っていて、ポケットに何か入っているのがすぐに感じられたことだ。

でも――なぜ、あの女は、あんなことをしたんだろう？　正人の全く知らない女だった。

それなのに……。

「――オス！」

ポンと肩を叩《たた》かれて、正人はびっくりして思わず声を上げそうになった。

「何だ、武史《たけし》か」

と、正人はホッとして言った。「早いじゃないか」

同じクラスの男の子だ。よく遅刻して来るので、先生からはにらまれている。というより、無視されている、と言った方が正確かもしれない。

「卒業式ぐらい、遅刻しないようにしないとな」

と、安田《やすだ》武史は言った。

今さらそんなことしたって。――正人は、笑ってやりたかった。

「正人、今日で皆勤賞だな」

と、武史が言った。

「うん」

「凄いな。俺なんか、欠席十五日だぜ」

「無茶するからだよ」

と、正人は言った。

「深町《ふかまち》の奴、悔しいだろうな」

「深町？」

その名を聞くと、正人はいやな気持になるのだった。――クラスは違うが、正人とはライバル同士。

テストの点も、いつも互角だった。入試も二人で同じ中学に合格している。

「中学で、またライバルだろ」

と、武史が言った。

「そうだな」

「でも、あいつ、一日だけ遅刻してんだよな。知ってるだろ?」

「ずっと前じゃないか」

「だけどさ、それがなきゃ、あいつも皆勤賞なのに。——悔しいさ」

「そうかな」

「それもさ、自分のせいで遅れたんじゃないんだぜ」

「自分のせいでなきゃ、何だよ?」

「知らないのか?」

正人は、少しためらってから、

「知らないな」

と、言った。「何だよ」

「あいつ、電車の中でさ、誰かの財布を盗《と》ったって言われて、駅長室へ引張られてったんだ。もちろん、やってないのにさ」

正人は足を止めた。武史がびっくりして、

「どうかしたのか?」

と、訊《き》いた。

「いいや……。別に」

正人はまた歩き出した。

思い出した！　あの若い女。あんな、大人の服装だから分らなかったけど……。前に、学校に来たことがある。

印象に残っていたのだ、そのセーラー服の姿が。

あれは、深町の姉さんだ！

4

馬鹿げてる！

だって、そうじゃないか。——そりゃ、深町の悔しいのは分る。

でも、深町が電車で捕まったのは、何も正人のせいじゃないのだ。

それを、深町の奴……。

ただじゃおかないからな！

正人は腹を立てていた。——一緒に歩いていた武史が、

「おい、正人」

と、声をかけた時も、ほとんど上の空だった。

二度呼ばれて、やっと、

「何だって？」

と、振り向いた。

「先生にさ、プレゼントをしようと思ったんだ」

「先生に？」

「そうだよ」

正人は、ちょっと顔をしかめた。

「何か変な物おくるつもりだろ。やめといた方がいいよ」

「そうじゃない！」

と、武史は強く言った。「真面目だぜ。本気なんだ。――俺たちのクラスって、学年の中でも、結構大変だったと思うんだ」

「お前がいたからな」

と、正人は言ってやった。

「それ言うなよ」

と、武史はふくれた。

「ごめん。――だから、何だっていうんだよ？」

「だからさ。クラス全員からです、って、先生に花をあげようかってことになったんだ」

「花？」

「うん。花束さ。だけど渡す役ってのがあるだろ。誰でもいいってわけにゃいかないからな」

「だから？」

「正人、お前がやってくれよ」

「僕？　いやだよ」

「いいじゃないか」

と、武史は正人の肩を叩いた。「お前なら、先生だって、素直に受け取るに決ってるよ」

それは確かにその通りだ。

正人は、担任の教師の、もちろん一番のお気に入りである。しかし、クラス全体として見れば、この武史を始め、扱いのむずかしい生徒を、大勢かかえて、大変なクラスでもあったのだ。

「そんなこと、誰が考えたんだ？」

と、正人は訊《き》いた。

まだ武史の話を、まともに信じる気になれなかったのである。

「俺と、林《はやし》と米田《よねだ》。——分るだろ?」

クラスの中じゃ、いつも問題を起していた三人である。

「うん……」

「頼むよ。お前がやってくれないと、俺たちの花なんて、先生、受け取ってくれないからさ」

「そんなことないだろ」

と、正人は言ったが、少し考えてから、「花束はどうするんだ?」

と、訊いた。

「この先に花屋があるじゃないか。そこに預けてある」

確かに、学校の少し手前に、〈フローリスト〉とガラスに描かれた店がある。

「な、頼むよ。お前に頼もうと思って、朝早く起きて、待ってたんだ」

と、武史は手を合せた。

「よせよ」

と、正人は言った。

そんなことされると、苛々《いらいら》して来るのだ。

しかし――クラスのみんなからです、と言って、一人、花束を手に進み出て、先生に渡す。その役回りは、なかなか魅力があった。

「本当に、花に細工なんかしてないんだね？」

と、正人は念を押した。

「くどいなあ。見てみりゃ分るじゃないか」

それはそうだ。正人は、ちょっと肩をすくめた。

「ＯＫ。やるよ」

「サンキュー！　助かった！」

武史はオーバーに息をついて、「花屋の前で、米田と林が待ってることになってるんだ」

――いいお天気だ。

正人は、もう学校が遠くに見えて来たので、やっと少し、気分も落ちついて来ていた。

まだ時間は充分にある。ここからなら、這って行ったたって間に合うさ。

やったんだ！　皆勤賞。――僕一人のものだ！

た。

「やあ、あそこにいた」

と、武史が言った。

〈フローリスト〉の文字の描かれたガラス。下手な花の絵も飾りのように付け加えられていたが、却って、中の花がしおれてるんじゃないかという気にさせられてしまった。

その前に、米田と林が立っている。

「――遅いぞ」

と、米田が言った。「心配してたんだぜ、二人で」

「馬鹿、正人が遅れるわけないじゃないか」

と、武史が言った。「今、ちゃんと説明したからさ」

「じゃ、OK？　良かった！」

林が指をパチンと鳴らした。ちょっと青白くて気の弱い子だ。いつも米田か武史にくっついて歩いている。

「店、閉ってるじゃないか」

と、正人はフローリストの店の中を覗《のぞ》いて言った。

それは当然だろう。学校の始まる方が、ずっと早い。

「大丈夫。開けといてくれたんだ」

と、武史が言った。「俺、この店の人、知ってるんだから」

武史は、店の戸を力をこめて開けた。

「――中に、ちゃんと花束を作って、置いといてくれることになってんだ。ゆうべの内にね」

「ふーん」

正人は、店の中へ入った。

花屋の中へ入るのは初めてで、好奇心もあったのだ。――強烈な、湿っぽい匂《にお》いがした。

正人は、どの花がどう匂っているのか、さっぱり分らなかった。花の名前も、性質も、理科の勉強としては知っていたが、その花がどんな風に咲いているか、どんな匂いを出しているものか、まるで分らなかったのだ……。

「――ないぜ」

と、米田が言った。

「奥だよ」

と、武史が言った。「表に出しとくと、花がいたむからな。奥の部屋へしまってあるんだ。——こっちだよ」

店の奥へと、武史について、正人は入って行った。

「ここだな」

武史は、物置のような、重い扉を引張って開けた。

——中は真暗だ。正人は覗き込んで、

「バケツとか、スコップとかが置いてあるだけじゃないか」

と、言った。

「そんなことないよ」

と武史は言って、中を見回し、「ああ、そこだ」

と、隅の方を指さした。

「どれ?」

正人が中へ入って行く。

突然、正人は背中を突かれて、前のめりに転んだ。

「おい——」

振り向くと、倉庫の重い扉が、ガシャン、と音をたてて閉った。——真暗になってしまう。

正人は、立ち上って、手の汚れを払うと、

「おい！　何だよ！　開けろよ！」

と、扉をドンドンと叩いた。

「卒業式が終るまで、そこにいろ」

と、武史の声が聞こえた。

「何だと？」

「帰る時に出しに来てやるよ」

と、米田が言った。「ちゃんと、卒業証書も受け取ってやらあ」

三人が笑った。

正人は、顔から血の気のひくのを感じた。

――騙《だま》されたんだ！

「畜生！　おい、開けろ！」

力一杯、扉を引いたり押したりしたが、びくともしない。

「今日はこの店、休みだからな」

と、武史が言った。「いくらわめいたって、誰も来ないぜ」

「開けろ！」

と、正人は大声を出した。「先生に言ってやるぞ！　後でどうなるか、分ってんのかよ！」

「勝手にわめいてろ」

と、米田が扉を叩《たた》いて、「お前なんかに、皆勤賞まで取らせてたまるかい」

「開けろ――」

「――行こうぜ」

と、武史が言った。「じゃ、正人。そこで勉強でもしてろよ」

三人が笑いながら、店を出て行く気配があった。

「――この野郎！　開けろ！　武史！　覚えてろよ！」

正人は、扉をけったり叩いたりした。手探りでバケツをつかむと、思い切り扉に叩きつける。

扉が壊れそうもないのは分っていた。

ただ、その音を、誰かが聞きつけて来てくれるかもしれない、と思ったのだ。

しかし、ここは表の通りから、フローリストの店を奥まで入った所だ。いくら音をたてても、表までは聞こえないかもしれない。

「――畜生！」

正人は、バケツを床へ叩きつけた。

あと二十分。――その間に、何とかしてここから出なきゃ！

正人は唇をかみしめた。


朋美は、教室を覗《のぞ》いて、正人の姿を捜してみた。

もう教室の四分の三は席についている。もちろん、まだ先生がいるわけじゃないから、そのやかましいこと……。

でも、正人の姿は見えなかった。

「あら、朋美ちゃん」

正人と同じクラスの女の子が、朋美の肩を叩いた。「何してんの？」

一つ下の妹がいて、朋美と同じクラスにいるのである。

「ねえ」

と、朋美は言った。「正人君――石原君は？」

「石原君？――まだ来てないんじゃないかな」

「まさか」

と、朋美は言った。「私より先に出たんだよ」

「そう？　じゃ、どこかにいるのかな。——何か用なの？」

「別に」

と、朋美は急いで首を振った。

「ねえ、ちょっと」

と、その女の子が、クラスの委員を呼んでくれた。「石原君、来てる？」

「まだよ。珍しいね。いつもなら十分も前に来てるのに」

「そんなこと……」

朋美は戸惑った。

「でも絶対来るよ」

と、委員の女の子は言った。「今日、石原君、皆勤賞だもん」

「あ、そうか」

「知らなかったの？」

「だって、自分は関係ないもんね」

二人が笑った。——しかし、朋美は、笑う気になれなかった。

「ありがとう。じゃ——」

と、行きかける。

「石原君が来たら、何か言っとく？」

「ううん。いいの」

「そう」

朋美は、自分のクラスへと戻りかけたが、途中で足を止めて、向きを変えた。

ロッカールームへと急ぐ。

正人のロッカーの場所は、知っていた。いつもバレンタインデーになると、チョコレートを入れておくからだ。

正人のロッカーには、いつもチョコレートが沢山入っている……。

ロッカーの戸を開けると、上ばきが置いてある。いつもの通り、きちんと揃《そろ》えて。

男子のロッカーなんて、中は屑入《くずい》れに近いのが普通だ。でも、正人のロッカーは、いつもきれいに片付いていた。

上ばきがあるということは、確かに、まだ来ていないってことだ。

「どうしたんだろう……」

と、朋美は呟いた。

正人は先に行ったのだ。朋美は何本か後の電車に乗って来た。

それなのに……。なぜ正人が来ていないんだろう？

あと八分しかない。――いや、あと二、三分という時に駆け込んで来る子は、いくらもいる。

しかし、正人はそういうタイプじゃないのだ。

電車の事故も、何もなかったのに。なぜ遅いんだろう?

朋美は、ロッカールームから、校舎の出入口へ歩いて行った。

校門が見える。まだまだのんびりとやって来る生徒たち。

でも、正人の姿はまだ見えない。

朋美は、上り口の所に腰をおろして、校門を眺めていることにした。

――正人君。

どうして、あんな風になっちゃったんだろう? 昔の正人は、ああじゃなかった。

もっともっと、子供らしくて、一人っ子らしく気が弱く……。

一つ年下の朋美の前では強がって見せていたけど、実際には、朋美の方がずっと度胸もあったと思う。

いや、今だって――。正人は、度胸があるわけじゃない。

怖いのだ。だからこそ、犬を殺してしまったりする……。

朋美は、あの後、あの老人が犬を抱いて歩いているのを、見ていられなくて、自分の家まで走って帰り、母親に知らせてやったのだった。

もちろん母がどうしたのか、朋美は知らないし、正人がやったんだということも、言わなかった。

悲しかったが、正人を嫌ったり、恨んだりする気には、なれなかったのだ……。

「――朋美、何してんの?」

と、同じクラスの子が声をかけて来る。

「石原君を待ってるの」

「へえ。――そうか、もう卒業だもんね」

「うん。でも来てないんだ。おかしいよね」

そう言って、本当に朋美は心配になって来た。――事故にでもあったのかしら?

「ちょっと見て来る」

朋美は、校門に向って駆け出した。

「朋美!　五分しかないよ!」

呼びかける声がした。――朋美は、だからこそ、駆けていたのだ。急いでいたのだ。

校門を出ると、その前は自動車の多い通りである。横断歩道はあるが、信号がないので、朝の内は、かなり用心して渡らなくてはならない。

校門の所で、朋美は足を止めた。――あと五分！　正人、何してんの？

「――直井、どうしたんだ？」

と、クラスの男の子が、急いでやって来て、声をかけて行く。

朋美は、返事をする余裕もなかった。


正人は、薄い刃ののこぎりを見付けた。

真暗な中で、それを見付けたのは、幸運だったというべきだろう。

これでだめなら、もう諦《あきら》めるしかない！

その薄い刃を、扉の、わずかな隙間《すきま》へと差し込む。――よし、入った！

扉を閉めて、カンヌキをかけてあるので、その重いカンヌキを上げて外す必要があった。――これでやれるかな？

刃を上に動かしてみる。――隙間は、本当にわずかなので、よほど力を入れないと動かないのだ。

もう少し……。もう少し……。

ガリッ、と刃が何かに当る音がした。

やった！　カンヌキに当ったのだ。

これを持ち上げることさえできたら……。

全身で扉を押しながら、のこぎりの刃を、上に動かそうと力をこめる。――汗が全身からふき出していた。

ガクン、と手応えがあった。

正人は、ちょっとの間、ポカンとしていた。――これで？　開いたのかしら。

扉が、押しもしないのに、キーッと音をたてて、開いた。奇跡のような、なめらかな動きだった。

「やった！」

正人は、外へ出た。腕時計を見ると、あと三分しかない！

でも、走れば間に合うぞ。すぐそこなんだから。

正人はフローリストの店を飛び出して、学校へ向って、駆け出して行った。

あと二分。――朋美は、心臓を見えない手でギュッとつかまれているような気がしていた。

正人！　どうしたのよ！　早く、早く来ないと……。

あれは？　走って来る。でも、正人じゃないみたいな……。そうだ！

「正人！」

朋美は叫んだ。「早く！」

正人が朋美を見付けて、手を上げた。

大丈夫だわ。間に合う。あと一分もあれば、教室まで走って行ける。

正人が、道を駆けて来る。横断歩道を渡ろうとして——。

トラックが来ていた。クラクションが、激しく鳴った。正人は止らなかった。トラックも停《とま》らなかった。

「危ない！」

と、朋美は叫んでいた。


そんな馬鹿なことが……。

智子は、卒業式の父母席に、呆然《ぼうぜん》として、座っていた。

正人がいない？——そんなことが、あるわけないのに。

「残念ながら——」

と、校長は言ったのだった。「本年度、皆勤賞を与える生徒はいませんでした」

それを聞いた時、智子は笑いそうになってしまった。

校長先生ったら、勘違いしてるわ。うちの子がいるのに！

あわてて訂正をするんだわ、きっと。

「失礼しました。――石原正人君が、六年間無欠席、無遅刻、無早退で、皆勤賞です」

そう言ってくれるはずだわ。

でも――校長は訂正しなかった。

話は受験の結果に移った。智子は、もう話が耳に入っていなかった。

正人は、一体どうしたんだろう？

今朝、いつもの通りに家を出たんですよ、先生。それなのに、着いてない？

そんなことって……。

「――奥さん」

と、肩に手がかかった。

智子が振り向いた。――見たことのある教師が、かがみ込んで、

「ちょっとお話が……」

と、言った。

智子は、立ち上って、その教師について、講堂を出た。

「──あの、息子《むすこ》のことでしょうか。こちらへ着いていない、と……」

智子は言いかけて、教師の重苦しい表情に気付いた。

「何か……あったんでしょうか」

と、智子は言った。

「実は──今朝、この校門前で……」

教師は、ちょっと間を置いて、「事故がありましてね」

「事故……」

「トラックにはねられて──」

智子は、青ざめた。──同時に、こうなることが分っていたような気がした。

こんなに、何もかもがうまく行くはずはないんだわ。何か起るに決っていた。

完全なものを望んだりしたから、いけなかったんだわ。

「奥さん、大丈夫ですか?」

「ええ……。正人は──息子は、死んだんですか?」

そう訊《き》いている自分に、びっくりした。

「いや、奥さん──」

と、教師が言いかけた時、智子は、当の正人が、講堂の方へ歩いて来るのを見た。

「――正人！」

智子は駆けて行った。「正人！――大丈夫なの？　けがは？」

正人は、かなりひどい様子をしていた。服は汚れていたし、髪も乱れて、顔に泥がついていた。しかし、けがをしているようには見えない。

「僕じゃないんだ」

と、正人は言った。

「え？」

智子は、そう言われて、やっと気付いた。もし正人がそんな事故にあっていたら、当然、家へ連絡が来るはずだと。

「朋美の奴《やつ》が……」

正人は声を詰らせた。

「朋美ちゃん？　あの――朋美ちゃん？」

「僕がトラックにはねられそうになって……。朋美が飛び出して来たんだ。――僕の代りに朋美が……」

「正人――」

「病院に、ずっとついて行ってたんだよ」

あの教師が、そばへやって来ていた。

「何とか命は取り止めたようです。ただ……足とか、元の通りになるかどうか、分らないようですが」

「そうですか。――気の毒だったわね」

智子は、正人の髪を直してやった。「でも、正人、あなたは卒業式に出ないと」

「うん……」

正人は、顔を伏せていた。

「大丈夫よ！」

智子は、正人の肩をつかんで、揺さぶった。

正人が、戸惑ったように、母親を見る。

「校長先生には、お母さんがお話ししてあげるわ。事故にあった子についていて、遅れたんですもの。こんなの遅刻に入らないわ。ちゃんと皆勤賞はもらえるわよ。当然だわ」

「ママ――」

「そんな馬鹿な話ってないわ。――校長先生にお目にかかれます？」

と、智子は、その教師に言った。

「ええと……。まあ、式が終りませんとね……」

「それじゃ意味ないんです！」

と、智子は、強い口調で遮った。「うちの子は、六年間、一日も休まず、通ったんですよ。今日、全校生徒の前で、表彰されるべきなんです！」

「そうおっしゃられても……」

「後から表彰状一枚いただいても仕方ないんです。いいですか、この卒業式の席で、ちゃんと認めていただかなくちゃ」

智子は、昂然《こうぜん》と顎《あご》を上げて、「校長先生にすぐ伝えて下さい。すぐです！」

その勢いに押されて、教師は、

「あの――では、少しお待ちを」

と、講堂の中へ入って行く。

「正人、ここにいて」

と、智子は、息子の肩を叩いて、「一緒に行って来るわ。あの先生じゃ頼りないから」

正人は、母親が、足早に講堂へ入って行くのを見送っていた。

一人になると、正人は、講堂の入口のわきに、しゃがみ込んで、じっと動かなかった。

——やがて、講堂の分厚い扉を通して、「蛍の光」の合唱が、響いて来た。

正人は、泣き出した。

その場にしゃがんだまま、顔を伏せ、声を殺していつまでも泣き続けていた……。

インテリア

1

「ここでいいんですか？」

タクシーの運転手が、ちょっと不思議そうに訊《き》く。

「ええ、いいの」

晃子《あきこ》は、ことさら強い調子で言って、料金を払った。「おつり、いらないわ」

「どうも……」

運転手が戸惑ったのは当然だった。

何しろ、その家は、どう見ても葬式の最中で、しかもその若い娘は、真赤なセーターにジーパンというスタイルだったのである。

晃子は、まぶしい光に、ちょっと目を細めると、長い髪を軽くかき上げるようにして、歩き出した。決然とした歩みだった。

葬儀に来た客たちが、唖然《あぜん》として、晃子を見る。晃子は、まるで誰もいないかのようにずんずんと庭を入って、玄関から上り込んだ。

「――晃子！」

黒いスーツの卓美《たくみ》が、ちょうど玄関へ出て来たところで、「いつ来たの？」

「今よ。母さんは？」

卓美は、ちょっと居間の方を目で示した。晃子は、中へ入って行った。

そこは、黒と白の世界だった。

「お姉さん」

妹の秀子《ひでこ》が、立ち上って、やって来る。「良かったわ！　間に合って」

晃子は何も言わずに、棺の方へと近づいた。――長姉の卓美が、そっと入って来て、その様子を見守っている。

卓美、晃子、秀子の三人姉妹は、一見して姉妹と分るほどは似ていない。

しかし、三人が、それぞれ美人と言われるのは、母親譲りの、一種の端麗さが、備わっているせいだった。

「お母さん」

と、晃子は呟《つぶや》くように言った。

大きな声で言っても、もう母は返事をしないのだ。——母は棺の中に眠っていた。

集まっていた親類たちは、互いに顔を見合わせていた。ことに口うるさい婦人たちは、

「あんな格好で——」

「娘なのにね」

「いくら役者だからって……」

と囁《ささや》き合っていた。

卓美は、ゆっくりと棺の方へ歩いて行った。末妹の秀子は、心配そうに、姉たちの様子を見守っていた。

「晃子。——早くご焼香して、もう出棺の時間なのよ」

晃子はキッと姉を見返した。

知的で、冷静沈着、物に動じない卓美と対照的に、晃子は気が強く、カッとなりやすい、多血質の性格だった。

秀子は末っ子にしては、神経質で、やたらと心配性である。

姉二人が、言い合いでも始めるのじゃないかと気が気でない様子。声をかけようとして、言葉が出て来ないのである。

「晃子——」

と言いかけた卓美の言葉を、晃子は遮って、言った。

「誰がやったの？」

卓美は当惑げな顔になった。

「晃子、何のこと？」

「分ってるじゃないの」

と晃子は言った。「お母さんを殺したのは、誰なの？」

異様な静寂が、あたりを重苦しく圧迫した。

「ドラマチックね」

と、卓美は言った。「正に、ドラマチックだったわ」

「悪い？」

と、晃子が言い返す。

「別に。でも——。まあいいわ。晃子にはふさわしいかもね」

「――ねえ、お姉さん、お茶でも飲む？」

と、秀子がおずおずと言った。

「頼むわ。お葬式って疲れちゃう」

晃子はソファに体を投げ出して、テーブルに足をのせた。

遺骨を持って、三人姉妹が、戻って来たところである。

「みんな、晃子があゝ言ったときは、ギクリとしてたみたい」

と、卓美はタバコに火を点《つ》けながら言った。

「ちゃんとタイミングを測ってるのよ」

「あれで、しばらくは噂《うわさ》が飛び交うでしょうね」

「みんながこの家に足を向けなくなる。それこそ万歳だわ」

晃子は、ニッコリ笑った。――女優の笑い、訓練された笑いだった。

「確かに上出来だったわ。それは認めるわよ」

と、卓美は言った。

秀子が、紅茶の盆を運んで来る。

「――ね、秀子」

「なあに？」

「あんた、お母さん死んだとき、泣いた？」

「泣いたわよ」

と、紅茶を出しながら、「お姉さんたちみたいに冷たい娘じゃないもの」

「何言ってんの」

と、卓美が苦笑いした。「お母さんの面倒みてたのはこっちよ。あんたは楽して、そのくせ可愛がられて」

「いいでしょ。それが末っ子ってもんよ」

三人は紅茶をすすった。

三人の父親は、もう七、八年前に世を去っている。

いや、最後の十年間ぐらいは、妻に精気を吸い取られたように、まるで元気がなく、いつ死んでも、おかしくなかった。

母は、強烈な個性の持主で、お嬢さん育ちのしとやかな外観からは、想像もつかないくらい、事業に力を振った。夫も、その会社の、社員の一人に過ぎない、と言ってもよかった。もちろん、一応取締役ではあったのだが。

ともかく、三人も子供が生れたのが不思議だ、と言われたものである。

あれこれと噂もあって――つまり、誰はどの男の子だとか、言われたらしいが、いずれにしても、母親の個性の方が強く出ているので、分らなかった。

「それにしても――」

と、晃子が言った。「お母さんも疑い深くなって、閉口したわね」

「そりゃそうよ。あんな風に、金こそ命みたいな暮しをしてりゃね。人間、みんな泥棒に見えるわ」

「でも、寂しかったのよ、きっと」

と、秀子が言った。

「いい子ぶっても、分け前は増えないわよ」

と、晃子がからかい、

「お姉さんとは違いますよ」

秀子が言い返した。

「やめなさい、二人とも。――ともかく、お母さんは死んだのよ」

「億という財産を残してね」

「ところが、それがどこにあるか分らない、と来てる……」

晃子はため息をついた。「全く、厄介な親ね」

「どうやって捜すの？」

「ともかく、捜すしかないわよ」

卓美はゆっくりと居間の中を見回して言った。「――どこかにあるんだから、この家の中に」

晩年の母は、一歩もこの家から出なかったのだ。

そして、遺産は、総て現金で、手もとに置いてあった。――そこまでは分っているのである。

しかし、ではその金がどこにあるのか、となると、誰も知らなかった。

もっとも、その辺の事情も、この三人姉妹以外の親類たちは知らない。あまり金は遺さなかったと思っているのである。

そうでないことを知っているのは、三人の娘だけだ。

「――どこを捜そうか、まず」

と、晃子は言った。

「手分けした方が能率がいいわ」

と卓美が言った。「この家、庭。それに一階と二階を分けて捜そうか」

「私はそれでいいわ」

と、秀子が言った。

晃子が黙っている。

「晃子、どうなの?」

「――ちょっと気になる」

「何が?」

「手分けはいいけど……」

「何よ?」

「見つけた人が、必ず教えるかどうか、保証がないわ」

卓美は呆《あき》れ顔で、

「あんたって子は……」

と妹を眺める。

「晃子姉さん、考えすぎよ」

と秀子が言った。

「さあ、どうかしら」

晃子はタバコに火を点けてふかしながら、「世の中、せちがらいのよ、当節は」

と言った。

2

「——警察の方?」

居間へ入ると、卓美は、その男をまじまじと見つめた。

「内田《うちだ》と申します」

三十代後半というところか。少し太り気味ながら、何とか見られる水準の(?)男だ。

「ええと、久保《くぼ》卓美さんですか」

「はい」

「妹さんがおられましたね」

「はい、二人」

と答えて、「——どういうご用件でしょうか?」

と訊《き》いた。

「実は、先日亡くなったお母様のことで」

「母のこと?」

「そうです。ご病気でしたか」

「ええ。心臓で。――ここ二、三年、ずっと寝たきりでした」

「なるほど。亡くなったとき、そばにどなたか？」

「夜中で、突然の発作だったらしく、朝まで誰も気付きませんでした。あの――」

「気付かれたのは？」

「はい……。妹です」

「どちらの？」

「下です。秀子といいます」

「二番目の方は晃子さん。――役者さんだそうですな」

「そうです」

晃子は肯《うなず》いて、「失礼ですが、どういうことでしょう？　一体、何を調べてらっしゃるんですの？」

「いや、これは失礼」

と、内田という刑事は言った。「実は、お宅のお母さんの亡くなった事情について、匿名の電話がありまして」

「電話？」

「ええ。お母さんは殺されたんだ、というのです」

「母が？　殺された、ですって？」

「そうです」

「でも――馬鹿げています！　ちゃんとお医者様にも証明書をいただいているのに」

「それはよく分っています」

「それならなぜ――」

「まあ、落ち着いて下さい」

「私、落ち着いていますわ。でも、そんないい加減な電話を、警察の方は信用なさるんですか？」

「そうではありません」

「といいますと、何か、裏付けるような事実でも？」

「妹さん――晃子さんが、葬儀のときにおっしゃったそうですね。お母さんを殺したのは誰だ、と」

卓美は意表をつかれた。

「それは――つまり、抽象的な意味ですわ。よくありますでしょう。苦労をかけた親が死んで、『自分が殺した』というように。――それと同じです」

「なるほど」

と内田は肯いた。「それなら良く分りました」

「分っていただければ嬉《うれ》しいですわ」

「どうもお邪魔を……」

と、内田は玄関まで来て、「――庭いじりですか?」

と訊《き》いた。

「え?」

「いや、爪《つめ》の間に土が入っていますので」

「ああ……。ちょっと花をいじっていただけですわ」

卓美は、内田刑事を送り出して、ホッと息をついた。


「晃子姉さんが、あんな芝居じみたことをやるせいよ」

と、秀子が言った。

「だって、親類を寄せつけないためじゃないのよ!」

と、晃子が言い返す。

「まあ、待って」

と、卓美が言った。「でも、晃子の言葉だけを信じて、警察が来るなんてちょっと考えられないわ」

「じゃ、どういうこと？」

「何かつかんでるのよ、きっと」

「でも、何を？」

と、秀子が首をひねる。「お母さん、本当に殺されたってわけじゃないでしょうね」

「まさか！――問題は、なぜ警察が乗り出して来たか、だわ」

「理由は？」

「何かあるのよ、きっと……」

と、卓美は考え込んだ。

「――ところで、遺産捜しの方をどうするか決めなきゃ」

と、晃子が言った。「一通り、主な所は捜したわよ」

「そうねえ」

と、卓美は首をひねった。「お母さん、そんなに頭が良かったのかな」

「馬鹿にされてるみたいね、私たち」

と、秀子がうんざりした様子で言った。

「ともかく、もっと隅から隅まで捜してみましょうよ」

と、卓美は言った。「ないはずがないんだもの」

三人は、次の日から、もう一度、徹底的に家の中を捜し回った。

正に、これは徹底的といっても良かった。ソファは一つ一つ、布をはがして、詰め物の中まで調べた。

机やテーブルは、バラバラにして調べた。更に、壁は、隅から隅まで、空洞がないか、叩《たた》いて調べた。

しかし、結局はむだだった。

三人は疲れ果てた。

「——もうやめようよ」

と、秀子が、食事をしながら言った。

「あんた諦《あきら》めるの？　いいわよ。じゃ、見付けたら、私と姉さんで分けるから」

「そんなあ……」

「まあ待ちなさいよ」

と、卓美が抑えて、「一つ、考え直してみましょ。どこか、間違ってるんだわ」

「どこが？」

「それを考えるんでしょ」

「考えるの苦手！――任せるわ」

と、晃子は言った。

「あんたはすぐにそうなんだから」

「だって仕方ないじゃない」

晃子は、郵便物の山を一つ一つ、見て行ったが、「――ねえ、見て」

と声を上げた。

「どうしたの？」

「これよ。ダイレクトメール」

「そんなの珍しくないわ」

と、秀子。

「中を見なさい！――金《きん》を買いませんか、って案内よ」

「金《きん》！」

と、卓美と秀子が同時に言った。

「お母さん、いつも遺産は『現金だ』って言ってたけど……」

「カムフラージュだったんだわ！」

と、卓美が言った。

「私、推理小説で読んだ。金を薄っぺらくして、壁紙の下に貼《は》っておくの」

「壁紙の下……」

三人は顔を見合わせた。

そして一斉に立ち上った。

3

「——何事です？」

内田刑事は、目を丸くした。

中の壁が、次々に壁紙をめくられ、はがされている。何とも凄《すさ》まじい光景だった。

「大きなお世話だわ」

と、晃子が言った。「自分の家よ。どうしようと勝手でしょ」

「それはまあ……」

「また何かご用ですの？」

と、卓美が息を弾ませながら、訊いた。

「実は、今度は匿名の手紙が来ましてね」

「何ですって？」

「庭に花壇がありますか」

「ええ」

「そこに死体が埋っている、というのですよ」

「――まさか！」

「とは思いますが、一応掘らせていただいてよろしいですか？」

晃子はかみつきそうな顔だったが、卓美が抑えて、

「どうぞご自由に」

と言った。「私たちの邪魔をしないで下さいね」

内田は、三人の警官を中へ入れ、庭の花壇を掘り始めた。

卓美も、ああ言ったものの、気になって、窓から庭を眺めた。

「――何してるの？」

と秀子が寄って来る。「――死体だなんて、まさかね」

「そうね。でも誰がそんな手紙出したのかしら？」

卓美は首をかしげた。

「ちょっと！　手伝ってよ！」

二階から、晃子の声が降って来る。卓美と秀子が歩きかけると、庭の方で、

「何かあるぞ！」

と声が上った。

二人は振り向いた。

「ビニールにくるんであります！」

「小さいですが、どうも匂《にお》いますよ。やはり死体らしい」

卓美と秀子は顔を見合わせた。

「──何やってんのよ！」

晃子が怒ってやって来る。「私一人にやらせて！」

「死体が出たのよ」

と、秀子が言った。

「ええ？　そんなことって──」

「ほら、ビニールの包みが……」

三人は、窓辺に立って、じっと外を見つめていた。

包みが出される。そして、内田が、その包みを置いて、開いて行った……。

「どうも失礼しました」

内田は恐縮の様子だった。

死体は出た。しかし、犬の死体だったのである。

「どういうつもりなんでしょうかな」

と内田は首を振った。「ともかく、もうお邪魔しないつもりです」

――内田刑事が帰って行くと、卓美は考え込んだ。

「ああ！　もうだめ！」

と、晃子がわめいていた。

「私も疲れちゃった」

と、秀子もぼやく。

「もう、遺産なんて、どこにもないんじゃないの？」

と、晃子が捨て鉢なことを言い出す。

「そんなはずないわ。――ねえ、今の犬の死体のこと、変だと思わない？」

「何が？」

「そんないたずら、理由もなくやるかしら?」

「そうね……」

「あれがお母さんの書いた手紙だったとしたら——」

「まさか!」

「でも、やりそうよ、お母さんなら」

と卓美は言った。

「だとするとどうなるの?」

「犬の死体の下に何かあったら?」

と卓美は言った。

「やってみようよ!」

秀子が言った。

しかし——結局は何も見付からなかった。

「もうやめた!」

と晃子も、秀子もヒステリー気味である。

玄関のチャイムが鳴り、仕方なく、卓美が出て行った。

「書留だわ」

「誰から！」

「——見て！」

と卓美が叫んだ。「お母さんからよ！」

手紙を開くと、卓美が読み上げることにした。

〈三人の娘たちへ。

宝捜しは済んだ？

私はこの手紙をお友達に頼んで出してもらっています。この前の匿名電話もそうです。

どうしてこんなことをしたかといえば、あなた方に、『金を手に入れるのは容易じゃない』ということを学んでほしかったからです〉

「大きなお世話よ」

と、晃子が呟いた。

〈でも、警察の人が大分協力してくれて、楽になったでしょ？　家の中をかき回すのもいいけれど、たまにはのんびり土いじりも悪くないと思うわ〉

「何のことかしら？」

「さあ……」

　卓美は続けた。

〈もうあなた方は、見付けているかしら？　どうも、まだのような気がするわ。私は、意地悪をしているんじゃないのよ。あなた方を試してみたかった。それだけよ〉

「どうだっていうの？」

　と、晃子はカッとなってテーブルを叩いた。

　そのとき、

「――見て」

　と、秀子が言った。

「どうしたの？」

「今、晴れて陽が射して来たの、そしたら……」

　庭に、警官が掘り返した土が、山になっている。その土が、キラキラと光っていた。

　三人はそれをじっと眺めた。

「――砂金！」

　と、卓美が言った。

「それをあの花壇の土に……」

「お母さんったら……」

三人は、いつまでも呆然《ぼうぜん》として、窓から庭を眺めていた……。

母の手紙は、こう終っていた。

〈ところで、言い忘れていたけれど、私の財産は、大部分、死の直前に、寄付してしまいました。残っているのは、ほんのわずかの、砂糖のような財産だけです。

あなた方のためを思って、こうしたのよ。

人間は、お金が余っていると、ろくなことを考えないものですからね。

母より〉

素直な狂気

プロローグ

木枯しが足下を巻いて、コートの下から寒さが吹き上げて来た。

松山寿哉《まつやまとしや》は、あわててコートの前をかき合せたが、そんなことで、寒さの攻撃を弱めることはできなかった。——そう。それは正に「攻撃」という感じだった。

昼間は、この真冬の季節にしては少々暖かすぎるくらいだった。だが、いつの間にか北風が口笛のように音をたてて、枝ばかりにやせ細った街路樹を震わせている。

冬の夜には——それも、もうすぐ真夜中、十二時になろうというころだ。却《かえ》ってこんな木枯しの風景が、似つかわしいのかもしれない。

もっとも、そう考えてみたところで、松山が寒さに震えずにすむわけでは、むろんないのだが。

最終の電車までは、まだ十五分あった。充分に間に合う。もう駅はすぐそこに見えていて、急げば五、六分で着く距離だった。駅に入って、この木枯しから逃れられるのなら、松山も足を速めただろう。いや、四十を過ぎた身に少し辛《つら》くても、全力で走りさえしたかもしれない。

　しかし、そうはいかないのだ。駅は——今歩いている場所から見ると、まるで夜空を明るい白線で区切っているかのようで、その蛍光灯の列の位置でも知れる通り、ずっと高くなっているのだ。正確に言うと、駅の入口はこの道の先にあるが、階段をずっと上って、ホームまでうんざりするほどの高さなのである。

　早目に駅に着いたところで、あの高いホームは、おそらくこの道以上に、吹きさらしの状態で、凍えそうなほど寒いに違いないのだ。終電車を待つ人たちは、みんな階段の途中に立って、まるでモダンアートの彫像か何かのように、思い思いの格好でいるのである。

　——松山寿哉は、特別にゆっくり歩いたわけではなかったが、それでも七、八分で駅前に出た。

　駅前といっても、この新しく開発されて間もないニュータウンの駅前には、ほとんど商店らしきものがない。バス停と、ロータリー。そして、〈食堂〉という看板を掲げた、小さなビルが一つ。もちろんこんな時間には閉っている。

　仕方ない。着いてしまったからには、改札口を通って、駅の中へ入ろう。駅前といっても、風をよけられる場所すらないのだから。

　夜遅く、ここから終電車で帰るのは、初めてというわけではなかった。だから終電の時間も憶《おぼ》えていたのだ。

小銭入れをポケットから出そうとして、松山は脇《わき》にかかえていた大判の封筒を落としてしまった。

「やれやれ……」

会社の封筒で、中には会議の資料が入っている。家へ帰れば、どうせ捨ててしまうのだが、今、ここで捨てるわけには、いかなかった。

拾い上げて、左の脇にしっかりと挟むと、自動券売機の方へ歩いて行こうとした。

松山が、その若者に気付いたのは、その時だ。

二十歳《はたち》か——いや、二十四、五になっているのかもしれない。それとも逆に、十七、八の高校生か？

人の年齢を見るのが苦手な松山ではあったが、その若者は確かに年齢のよく分らないタイプだった。

明るく並んでいる自動券売機の少しわきにもたれて、固く腕を組み、青白い顔で立っている。——その青白さは、もともとのものでもあろうが、寒さのせいでもあったに違いない。

その若者は、どうみても安物のツイードの上衣《うわぎ》とズボンという格好で、薄っぺらなコートすらはおっていなかったからである。

髪は風で乱れているが、一向に気にしている様子もない。――何やら思い詰めている表情か、と松山は思ったが、ただどうしようもなく凍えているだけだったのかもしれない。

松山は小銭入れを開けて、自分の切符を買った。この春からは値上げになるはずだが、たぶんこの線を利用することは、当分あるまい。

松山は、戻ったおつりを小銭入れにしまおうとして、やはり手がかじかんでいたのか、十円玉が一つ、足下にチーンと音をたてて落ち、飛びはねて、転って行ってしまった。

その十円玉は、ツーとコンクリートの上を転って、例の若者の靴に当って、チリチリと音をさせながら、おとなしくなった。

「失礼」

松山は、その十円玉を拾って、「――君、何してるんだ？」

と、訊《き》いていた。

特別、意味のある質問ではなかった。ただ、偶然十円玉が転って行っただけだとしても、少なくとも口をきいた以上は、この寒さの中で、なぜじっと突っ立っているのか、訊かないわけにいかない、と思ったのかもしれない。

若者はゆっくりと顔をめぐらせて松山を見た。その目は、松山がハッとするほど、無邪気で、ひたむきさを感じさせて、小さな子供のようだ。

「いや――寒くないかと思って。こんな所に立ってて」

寒くないわけがないのだから、これも妙な言い方だった。

「電車賃が……」

若者は、意外に大人びた声を出した。

「お金がないのか」

「財布、落としちゃって」

若者は自分を笑うように、ちょっと唇を歪《ゆが》めた。

「で……誰《だれ》か迎えに来てくれるのかい？」

「いえ……。ただ、立ってるだけです」

若者の言葉に、松山は少々面食らった。

「でも……どうするんだい？　どこまで行くの」

「S駅です。――そこからは歩けるんで」

逆方向だ。松山は大して迷わなかった。小銭入れを出して開けると、

「S駅だと……。三百円あれば行くね」

と、百円玉を三つ取り出し、「急がないと。僕は逆の方向で、まだ時間があるけど、S駅へ行く終電は、もうそろそろ来るよ、確か」

てのひらにのせて自分の方へ差し出された三つの百円玉を、その若者は変った手品でも見ているような目つきで見ていたが、

「でも……いただく理由が……」

と、呟《つぶや》くように言った。

「いいじゃないか。これぐらいの金。困ってる時はお互い様さ。——さあ、早く切符を」

若者は、不思議な目で松山を見た。

「ありがとうございます……。こんなことって……」

幻じゃないかと恐れてでもいるかのように、そっと手を伸して三枚の百円玉をとると、「——じゃ、お借りします」

「いや、これはあげるんだよ。気にしないで」

「いえ、きっとお返ししますから」

と、若者は首を振って言った。

その時、ゴーッという響きが、頭上から聞こえて来た。

「ほら、あの電車だよ！　急がないと乗り遅れる。終電だよ」

と、松山が早口でせかせると、

「はい。――それじゃ、本当にありがとうございました」

「いいから、早く」

若者は、自動券売機で切符を買うと、もう松山の方を振り向きもせずに改札口へと駆けて行き、たちまち姿が見えなくなった。

ゴトン、ゴトンと電車の停止している音。――きっとあの分なら間に合っただろう。

松山は苦笑した。

余計なことをしたもんだ。本当なら、誰とも目さえ合せないようにするべきなのだろうが……。

それとも――何かいいことを、しておきたかったのかもしれない。

松山も改札口を抜けて中へ入った。電車が来るまで、あと四分ほど。

ホームへ上ってみると、案の定、北風が唸《うな》りを立てて吹き抜けていて、まだほとんどホームへ上っている者はない。

チラッと見回して、さっきの若者がいないのを確かめると、何だかホッとする。

――良かったのかもしれない。あれで、ずいぶん気持が落ちついた。そう。たとえ小さなことでも、人を助けられたということは……。特に今夜のような夜には。――松山は、人を殺して来ていたのだから。

1

ダイニングキッチンの椅子《いす》に腰かけて、沙織《さおり》はウトウトしていた。少し寝不足でもあったが、娘の麻衣《まい》を学校へ出した後、こうして少し居眠りするのが、習慣のようになっていたせいだろう。

麻衣は十五歳で中学の三年生。一人っ子ということもあって、家の中では威勢がいいが、一歩外へ出ると、「借りて来た猫」。

小学校から私立の女子校へ入れ、のんびりとやって来た。ただ、問題は家から学校まで遠いこと。電車とバスで一時間半はかかる。

当の麻衣は、もう慣れて苦にならないようだが、朝早く起きてお弁当を作る沙織の方は大変である。しかも中学ではクラブ活動で朝が一時間も早い。

冬のこの時期は少し遅くなるのだが、それでも沙織が目を覚まし、電気窯《がま》が蒸気を細い口から吹き上げて、ピーッと発車の汽笛みたいに鳴らすのは、まだ暗い内で、空に星も見えている。

従って、麻衣が出てから、沙織が一休みしたくなるのも無理はないと言えるだろう。夫の松山寿哉は、娘が出てから三十分ほどして、やっと起き出して来る。それで充分間に合うのである。

でも、今日は……。浅い眠りに快く身を任せながら——それは静かな海で、小さな波に浮んでじっと目を閉じている気分に似ていた——沙織は考えていた。今日はたぶん、休むんだわ。あの人……。

それなら早くそう言ってくれたら。——ベッドへ戻って、もう一眠りするんだけどね……。

「——おい」

夫の声に、沙織は目を開けて、

「あら……。休むんじゃなかったの」

夫がワイシャツを着て、ちゃんとひげも剃《そ》っているのを見れば、返事を聞くまでもなかった。

「うん……。やっぱり出るよ。どうしても今日中にやっとかなきゃいけないことがあったんだ」

と言って、松山寿哉は少し咳込《せきこ》んだ。

「大丈夫？——熱、下ったの？」

立ち上って、沙織は夫の額に手を当ててみた。「ゆうべよりは熱くないけど……。でも、まだ八度くらいはあるわね」

「行きゃ何とかなるさ」

と、松山は言った。「コーヒーをいれてくれ」

「何か食べて行く？」

「いや……。昼にそばでも食うよ」

「じゃ、せめてフルーツでも。グレープフルーツがあるわ」

「じゃ、半分食べよう」

松山は、席について、息をつくと、両手で顔を覆った。

「一日ぐらい休んだら？」

コーヒー一杯というので、カセット式の、お湯で落すやつを使うことにした。

「部長が帰国するんだ。留守中のことも報告しなきゃ」

「北村《きたむら》さんが？——ずいぶん長かったわよね、出張」

「結局二週間か。話がなかなかまとまらなかったんだ」

と、松山は言って欠伸《あくび》をした。

この土曜日曜は風邪《かぜ》で寝込んでいたのだ。熱を出すと、いつも長く続く。

「でも、うまく行ったの？」

冷蔵庫から出したグレープフルーツを、半分にカットして、ナイフを入れる。酸っぱい匂《にお》いがダイニングキッチンに広がった。

「部長のことだ、抜かりないさ。しつこいことじゃスッポン顔負け」

「そんなこと言って。仲人《なこうど》さんよ」

と、沙織は笑った。「――はい。コーヒーもすぐ落ちるわ」

「――そうだったな」

と、松山が肯《うなず》いた。

「何が？」

「あの人が仲人だったんだな、俺《おれ》たちの」

「何言ってるの？　しっかりしてよ」

「うん……」

グレープフルーツをスプーンですくって口に入れると、松山は酸っぱさに目を丸くした。

　それが「目覚まし」になったのか、コーヒーを飲んでネクタイをしめると、松山は大分すっきりした様子になった。

「――じゃ、行って来る」

　玄関で靴をはきながら、松山は言った。「少し遅くなっても心配するな。ビルのクリニックへ寄って来るかもしれん」

「そうした方がいいわ。できたら明日一日休んで」

「できたら、だ。俺だってそうしたいさ」

　と、松山は苦笑した。

「寒いわよ。きちんとマフラー巻いて――」

　子供じゃあるまいし、と思うのだが、つい口から出てしまう。沙織は心配性なので、娘の麻衣にもよくからかわれる。

「お母さん、私が結婚したら毎晩ご飯作りに来るんじゃない？　旦那《だんな》を殺しちゃわないかって心配して」

　――まあ、我ながら、本当にやりかねないというのが、沙織の怖いところ――いや、持って生れた性格というものである。

玄関のドアも、ロックとチェーンをきちんと忘れない。これでやっと落ちつけるというものである。

新興住宅地のこの辺りは、町並こそモダンだが、一歩裏へ回ると雑木林が残っていたりする。ご多分に洩《も》れず、この辺の主婦も都心のカルチャーセンターに通ったり、パートの仕事で出ている人も多く、沙織のように出不精でたいてい家にいる、という妻の方が少数派だ。

もし麻衣がこの近くの学校へ通っていれば、それで近所のお付合いもできたのだろうが——。

ともかく、出歩くよりは家で昼寝でもしている方がいいという性格の沙織としては、あまり近所付合いのない今の状態に異存はない。ただ……。

ポーン、ポーン、と玄関のチャイムが鳴って、居間のソファで居眠りしていた沙織は目を覚ました。——ほら来た。

午前十時を回っての来客はたいてい決っているのだ。

「はい」

と、インタホンに出ると、

「すみません、荷物なんですが。お隣が留守なんで」

「はい、はい」

——そうなのだ。留守宅が多くて、沙織が家にいる、となると、こういう宅配の荷物を預かる機会がやたらに多くなる。特に今は年末で、お歳暮の季節。このところ、一日に三つじゃきかない日が多くなって、さすがの沙織も閉口気味だ。

といって、断るわけにもいかないし……。

「——はい、じゃ、預かっとくわ」

「いつもすみませんね」

もう顔なじみの宅配の若者は、ちょっと帽子のつばに手をやって、言った。

「いいえ。また来るのも大変ですものね」

人がいいというのか、つい笑顔なんか見せてしまうので、ますます向うは気安く頼んじゃうのである。

「——へえ、Tホテルの缶詰セットね」

と、貼《は》りつけた伝票を見て、どこの家に何が来た、と知るのは、役得（?）の一つだ。

時には——リンゴだのミカンだのの重い箱を届けた時なんかは、いくつか「お礼に」とくれることもあって、もちろん沙織も遠慮なくいただいている。

沙織が、缶詰セットの箱を台所のテーブルにのせると、またチャイムが鳴った。

「また来た」

と、呟《つぶや》いて、面倒なので直接玄関へ出てドア越しに、「どなた?」

「失礼ですけど……」

「え?」

よく聞こえなかった。若い男らしい声。沙織はロックを外してドアを開けた。

「どうも」

と、会釈したその若者は、グレーのコートのボタンをきっちりととめて、青白い顔で立っていた。

「何かご用?」

沙織はドアを開けてしまったことを後悔しかけていた。今、荷物を預けた宅配の人が、向いの家に行っている。——もちろん何もあるまいが、何かの時は大声で呼べば……。

「鈴木《すずき》といいます」

「鈴木さん……?」

「ご主人に借りたお金を、お返しにあがったんです」

沙織は面食らった。

「お金って……」

「先々週の金曜日です。僕が財布を落として、電車に乗れずにいると、ご主人が通りかかって、三百円貸して下さったんです」

「まあ……。そんなことが?」

「本当に助かりました。K線のNという駅の前です。ご主人は返す必要はないとおっしゃったんですけど、そんなわけにはいきませんから……」

「待って」

と沙織は言った。「K線のN駅? そんな所、主人は行ってないと思うけど」

鈴木という若者が、ちょっと眉《まゆ》を寄せた。急にひどく老けて見えた。

「確かですか?」

「金曜日……。ついこの間じゃなくて、その前の週?」

「そうです」

「じゃ、人違いだわ。その日は主人、友だちのお宅へ行ってたの。全然方向違いだし。

――せっかく来てくれたのに、ごめんなさい」

何だか、こんな風に年上らしい口をきくのは気がひける、と思えるほど、その若者は「若い」という印象を与えなかった。

「そうですか」

と、およそ感情の現われていない声で言うと、「失礼しました」

頭を下げて、タッタッと歩いて行く。心残りという風でも、がっかりしたという風でもない。予め決っている速度で、という具合に、歩いて行ったのである。

「──鈴木、っていったわね」

よくある名だ。一応、主人にこんな人が来たわよ、と話しておこう。沙織はドアを閉めた。もちろん、ロックとチェーンを忘れずにかけて……。

でも、何となく後味が良くなかった。あの若者は、三百円というお金を返しに来たのだ。

しかし、この辺で見かけたこともないし、話の様子から察しても、近くに住んでいるとは思えない。──K線のN駅といえば、ここから一時間では行かないだろう。

あの若者は、ここへ三百円返しに来るために、たぶんそれ以上のお金を使っている。それを正直、誠実と言えば言えないこともない。

しかし──常識的に言って、たとえば自分ならどうするか。沙織は、ダイニングキッチンで、夫にいれたのと同じカセット式のコーヒーをいれながら考えた。

困っている時の三百円は確かに貴重だろう。だが、相手が見も知らぬ人間で、しかも快く、「返さなくていい」と言ってくれたら……。

たぶん、ありがたく受け取っておくに違いない。そして、自分が誰か同じように困っている人を見かけたら助けてあげればいいのだ、と……。そんな風に考えるだろう。

何が何でも、借りたものは返すのだ、というのも、人の「原則」というものだろうが、あの若者の場合は、単に「借りを作りたくない」というのとは少し違っていたように、沙織には思えた。

コーヒーをブラックで飲むと、胸を占めていた重苦しさが、少し楽になったようだった。

「色んな人がいるわよ、世の中には」

と、沙織は呟いた。

電話が鳴った。――こんな時間には珍しい。

もしかして、主人が、やっぱり具合が悪くて――。

「はい、松山でございます」

ブルル、ゴーッと車の通る音が、ずいぶん近くに聞こえた。

「もしもし？」

「さっき伺った鈴木です」

と、表情のない声が聞こえて来た。

「あら……」

「ご主人、M化学工業にお勤めですね」

「え？　ええ、そうですけど……」

「ありがとうございました」

プツッと電話は切れた。

「――何なの、この人？」

沙織は、少し腹が立って来た。

戻って、コーヒーの残りを飲みながら、ふと、呟いた。

「でも――どうして、うちの電話番号を知ってるんだろ？」

それに勤め先まで、いや、そもそも夫の名と、この家を、なぜ知っていたのだろうか。

たった三百円を渡し、返さなくていい、と言っておいて、名前や住所を教えるなどということがあるだろうか？

いや――そんなことは論外だ。あの鈴木という若者に三百円貸したのは、夫ではないのだから。

でも――それならなぜ、あの若者はここへ来たのだろう？

沙織は、何となくダイニングキッチンの中を見回した。誰かに見られているような気がして……。

2

北村がドアを開けて入って来るのを見たとたん、松山には分った。

まだ知らないのだ。間違いない。

「やあ」

北村は、女子社員たちに評判の「力のある者」の笑顔――決して媚《こ》びることなく、大らかで包み込むような笑顔を見せて、言った。

「お帰りなさい、部長さん」

一番若い子が真先に椅子をクルッと回して言った。

「お疲れ様でした」

「ご苦労様」

部のあちこちから声が飛ぶ。松山は、わざと電話を取って、大して急ぐわけでもない用事で、取引先にかけた。

北村は、ビニールの大きな袋を、持ち上げて見せて、

「おみやげだ。みんなで分けてくれ」

と、言った。

もちろん、若い女の子たちは、仕事を一時中断。

「大したもんじゃないよ」

という北村の言葉など、女の子たちの歓声に埋れてしまっている。

北村は、奥の部長室へと、机の間を抜けて行った。当然、松山の席の前を通る。

「――はあ、もう少しこの項目を詳しくご説明いただきたいんですが……」

電話で話しながら、北村の視線を受け止める。北村が顎《あご》でちょっと部長室の方をしゃくって見せた。松山は肯いた。

「コーヒーをおいれしますか？」

と、少しベテランの女子社員が訊《き》くと、

「いや、コーヒーは飲み飽きた。お茶にしてくれ。ここのお茶でも、めちゃくちゃ旨《うま》いよ、今飲めば」

北村の言葉に、みんなが笑った。

——さすがだな、と松山は思った。

北村は五十二歳。年齢《とし》より若く見えるとはいっても、髪には大分白いものが混っているし、アメリカから朝帰って、会社へ直行だ。時差もあるし、疲れていないはずはないのに、そんな素ぶりは毛ほども見せない。スーツもしわ一つないし、靴もきちんと磨いてある。

これが「人気の素《もと》」というわけか……。

用事が終っても、松山はなお数分、電話の相手と世間話をして、それから電話を切った。

急ぐことはない。そうだとも……。

はやる気持と、その時をわざと先へ引きのばしたいというマゾヒスティックな快感の間で、なお数分揺れ動いてから、松山はやっと部長室のドアを叩《たた》いた。

「——いいのか、仕事の方は」

北村は、背もたれの高い椅子《いす》に、身を沈めていた。部長室の外では見せない「疲労」が、にじみ出て、急に十歳も年齢を取ったようだ。

「お疲れ様でした」

松山は、幅の広いデスクの前の椅子に腰をおろした。「大成功でしたね」

「表向きはな」

北村は苦々しげに言った。

「何かあったんですか。契約にはこぎつけたんでしょう?」

「やっと、だ。——本当なら三日は早く終って、二割は値切れるところだった」

「というと?」

「まとまりかけたところへ、社長の電話さ。直接向うのトップと話したい、と来た。やめてくれ、と言っても聞かないんだ。今、微妙なところだから、と言ったが、『俺が話せばすぐに通る』と、こうだ」

「やりそうなことですね」

「挙句が、下手な英語でろくに通じん。相手が黒人だということを忘れて、とんでもないたとえを持ち出した。——どこぞの大臣みたいなもんだな。それで向うはすっかり硬化してしまった。それをほぐして、話を戻すのに、夜中の三時まで口説《くど》いたよ」

北村は、ふっと笑みを浮かべた。「南子《みなこ》だって、あんなに長く口説いたことはない」

「それはご苦労様で」

と、松山は一緒に笑った。「しかし、部長でなきゃ、とてもまとめられなかった話ですよ」

「ありがとう」

北村はそう言ってから、「君には感謝してるよ」

と、付け加えた。

前と後とは、全く別の感謝なのだと松山にもすぐに分った。

「あの後、南子から何か連絡は？」

と、北村は少し声を低くして言った。

普通の声で話しても、もちろん外へ洩《も》れる気づかいはないのだが、やはり人間の心理は面白《おもしろ》いものだ。――話が「愛人」のことになると、つい声をひそめるものらしい。

「特にありませんでした。いや――実はちょっと風邪を引いてしまいましてね」

と、松山は言った。「今日もまだ熱が下らないんです」

「そりゃいけない。休めば良かったのに」

「部長がお帰りなのに」

「馬鹿《ばか》言っちゃいけない」

北村は、少し本気で怒っているようだった。「健康が第一だ。たかが風邪と思ってると、とんでもないことになる」

「明日、もしかすると休ませていただくかもしれません」

「そうしろ。これから帰ってもいいぞ」

「いや、大丈夫です。あんまり具合悪いようでしたら、早退します」

「遠慮するな」

ちっとも。――遠慮なんかしていませんとも。ただ、見逃したくないだけですよ、肝心の一瞬をね。

松山は心の中で、そう呟いた。

「――成田から電話を入れてみたが、誰も出なかった」

と、北村は言った。「いつ帰るとも連絡してなかったんだ。どこかへ出かけたんだろう」

「そうですね」

――もうそろそろ、始まってもいいはずだ。そうじゃないか？　何やってるんだろう、一体？

松山は少し心配になって来た。何かとんでもない手違いでもあったのだろうか。

「あれがなかったら、とても神経がもたなかったよ」

と、北村は深く息を吐きながら、言った。

「却《かえ》ってお疲れだったんじゃないかと思って、気になってました」

「確かに、トンボ返りは忙しかったがね」

と、北村は笑って、「しかし、あれで、また一から取り組もうという気持になれたんだよ。――君のおかげだ」

「とんでもない」

「どうだ、体調が戻ったら、一度飯でも食おう」

「ありがとうございます」

「懐石でも……。当分は、ハンバーガーの店を見ただけで腹が一杯になりそうだよ」

と、北村が肩をすくめた時、デスクの電話が鳴り出した。

まさか。――もちろん、これじゃないだろう。そんなにうまい具合に――。

「北村だ。――どこからだって？」

いぶかしげな顔。そうなのか？　もしかすると、この電話が――。

「――つないでくれ」

北村は、松山に何か言いかけたが、すぐに相手がつながったらしい。「――もしもし、北村です。――はあ、そうですが。何か――」

北村の額に深くしわが寄って、それから静かに息を吸い込む音。

「もう一度、言って下さい」

声が、かすれていた。――やっぱりか。これがそうなのだ。

目の前で見ているのだ。俺は、何食わぬ顔で、北村を襲う衝撃を眺めている……。

我ながら、驚きだった。これほどの度胸の持主とは、思ったこともない。もしかすると――そう、北村の方が、ずっと小心なのかもしれなかった……。

「――確かに。――分りました。――いや、構いません。これから出ます。たぶん……一時間半ほどかかると思いますが」

北村はメモを取った。「――真野《まの》さん、ですね」

真野？　メモを覗《のぞ》き込んで、松山は首をかしげた。知らない名だ。

北村が受話器を置くと、怒ったような勢いで立ち上った。そして、背後の壁に向って立つと、何度も大きく息をついた。

「部長……。どうかしましたか」

北村はしばらく答えなかった。――背中を向けたまま、ショックと戦っている様子だった。

「――警察からだ」

やっと、そう言いながら振り向くと、「南子が死んだ――殺された、と言って来た」

「まさか」

　ごく自然に、その言葉が出た。

「本当だ。名前が電話のメモにあったので、かけて来たんだ」

「でも――確かですか」

「行って、この目で確かめる。それに――いずれにしても、僕が行かなくては、彼女だと確認する人間がいない」

「では……。すぐお出かけになりますか」

「ああ、悪いが……」

と、言いかけて、「一緒に来てくれるか」

　松山は、少しためらったが、

「もちろんです」

と、立ち上った。

「すまんな、具合が悪いのに」

「そんなことは……。ハイヤーを呼びますか?」

「いや……。社の用事というわけじゃない。タクシーにしよう」

「すぐに仕度を」

ロッカールームへと急ぎながら、課の女性に、急用で部長と出かける、と声をかける。

「お帰りは?」

「分らん」

松山は、動揺していた。――妙なものだ。こうなることを知っていたのに、動揺している。

まるで、たった今、そのニュースを知ったとでもいうように。これは松山にも、予期できないことだった。

しかし、少なくとも風邪がどこかへ飛んで行ってしまったのは確かだ。たとえ一時的にせよ……。

眠っていないことは分っていたが、

「部長」

と、一応声をかけた。「間もなくです」

「うん」

北村はタクシーに乗っている間中、じっと目を閉じていたのだ。疲れているだけでなく、話したくなかったのだろう。

タクシーはN駅のそばの高架線の下をくぐって、直進していた。もう五分とかかるまい。

「この道沿いで降りよう」

と、北村は言った。「前につけると、目立つだろう」

「分りました」

大きな四つ角で、タクシーを停《と》め、松山が料金を払った。どんよりと曇って、雪でも落ちて来そうだ。

「この辺は寒いな」

北村はコートのえりを立てた。「ニューヨークはもっと寒かったが」

「行きますか」

「うん」

二人して歩き出す。——異変は、人を集めるものだ。遠くからでも、人だかりと、パトカーの赤い灯は目に入った。

「夢であってくれたら……」

と、北村は呟《つぶや》くように言った。

野次馬を遮っている警官に、北村が名前を告げ、

「真野さんという方がご存知です」

と、続けた。

真野というのは刑事の名か。やっと松山にも合点がいった。

すぐにロープの下をくぐって、中へ入れてくれる。——ミニ開発と呼ばれた一角で、よく似た造りの家がズラッと並んでいる。

その一戸に、南子は住んでいた。いや、正しくは「住まわせてもらっていた」のである。この家は、北村がポケットマネーで買ったものだ。

その手続きのすべては、松山がやった。家の外壁の色の相談、玄関ドアの選択まで、松山が話し相手になって、決めたのである。

松山は、自分の家の玄関の様子など、訊《き》かれてもろくに答えられないかもしれないが、この家なら隅から隅まで知っている。

玄関を上ると、リビングのドアが開いて、頭を短く刈った中年のずんぐりした男が現われた。そして、松山しか目に入らなかったのか、

「北村さん?」

「私が北村です」

と、進み出て、「真野さんですか」

「早かったですな。お仕事中にどうも。――こちらの方は」

「部下の松山君です。彼女のことはよく知っています」

「はあ。――なるほど」

何が「なるほど」なのか、真野という刑事は、興味丸出しという表情で、松山を見た。

「南子は――」

「ああ、いや、お気の毒です。全く……。北村さんは、あの女性の……まあ、何というか、保護者という立場だった、と。そう考えてよろしいですか」

「お互い、曖昧《あいまい》な言い方はよしましょう」

と、北村は言った。「南子は元、私の秘書でした。私がここを買って、住まわせていたのです。――南子の存在は妻に知らせていません。ここへ住まわせてから、二年たつところでした」

「なるほど」

真野という刑事は肯いた。「そんな風に率直にお話しいただけると助かります」

「ともかく、本当に彼女なのかどうか、確かめたいのですが」

北村の顔は少し青ざめていた。家の中が冷え切っていたせいもあるだろう。

「ごもっともです。こちらとしても、確認をお願いしなくてはならんのです。ただ――」

真野は少したためらって、「死後、一週間は経過しているということで、あまりいい状態というわけには……」

「一週間？」

北村が訊き返した。「そんなにですか」

「ご近所の話じゃ、あまり人付合いが好きでない方だったとか。よく閉めて一週間も十日も旅行へ出ていたので、ずっと閉めっきりでも、誰もおかしいとは思わなかったようですな」

真野は、ちょっと息をついて、「寝室です、二階へ。――狭い階段ですな」

背は低いが、幅のある真野は、窮屈そうに階段を上って行く。北村は、松山の方へ、

「君はここにいてくれ」

と、言った。

「もしよろしければ、私も」

北村は、かすかに微笑《ほほえ》んで、

「そうしてくれるとありがたい。――気絶したら、水でもかけてくれ」

と、言って、松山の肩をつかんだ。

「どうぞ」

真野が上から呼んで、北村が階段を上って行く。そして松山はそれに続いた。

階段の一段の奥行は、やっと足がのる程度しかない。踏み外しそうで、心配だった。

死体を見ることより、そっちの方が、心配だった……。

3

「誰だって？」

居間のソファで新聞を開きかけていた松山は、そう訊き返した。

「鈴木さんっていうの。まだ――二十歳そこそこかしら」

ダイニングキッチンで沙織は話していたが、どうせ居間とはつながっているのだし、聞こえないほど広い家ではない。

「鈴木……。よくある名だからな。一人や二人は知ってるが。何の用だって？」

「あなたから、この間、電車賃を借りたっていうの。三百円。それを返しに来たって。

——心当り、ある？」

　ソファで、松山は妻に背を向けている格好だった。それで助かったのである。面と向っていたら、一瞬松山の顔がサッとこわばるのが、沙織にも分っただろう。

「知らないな」

　と、松山は言った。

「誰かと間違えてるんじゃないのか」

「そう言ったんだけど……。でも、変でしょ？　この家がどうして分ったのか。それにあなたの会社の名前まで知ってるのよ」

「妙だな。——大方、何かの押し売りだろう」

「そんな風でもなかったけど……。ちょっと気味の悪い人だったわ」

「気を付けろよ。相手にしない方がいい」

　松山はゆっくりと新聞を広げた。

「それに、あなたからお金を借りた日っていうのが、先々週の金曜日だっていうの。あなたが、藤川《ふじかわ》さんのお宅へお祝いを届けに行った日でしょ」

「金曜日？——ああ、そうだったな」

「だからあなたのはずがないって。その人にもそう言ったんだけど……。大体、K線のN駅なんて、あなた用事ないでしょ？」

「N駅か……。名前は知ってるがな」

「人違いよ、って言ったんだけど……」

「その男、何て言ってた?」

「『そうですか』って。でも、何だか納得したっていう風じゃなかったわ」

「ふーん」

松山は新聞のページをめくった。「放《ほ》っとけよ、そういう奴《やつ》は」

「ええ。でも……」

「何かあるのか」

「うちの電話番号も知ってるの。気味悪いでしょ」

「電話を?」

松山は、ちょっと笑って、「電話帳ってもんがあるぜ。名前が分りゃ調べられる。それは不思議じゃないさ」

「それはそうね」

と、沙織は気を取り直したように、「もうご飯よ。麻衣を呼んでくれる?」

「分った」

松山が新聞をたたんで、立ち上ると、「何だ、ちょうどいいとこへ来たな」

麻衣が入って来たのだ。

「匂《にお》いが届いたの」

と、麻衣は言って、「お母さん、何か手伝う？」

「珍しいこと言うじゃない」

と、沙織は笑った。「じゃ、お皿を出して。花柄のやつね」

「うん」

麻衣もダイニングキッチンの方へ行ってしまうと、松山はそっと息を吐き出して、目を閉じた。

心臓の高鳴りを、沙織に聞かれるのではないかと、気が気ではなかった。——何てことだ！

あいつ！　何気なく、三百円渡してやった、あの若い男。

まさか、あの男がここを捜し当てて来るなんて。しかし——なぜ分ったのだろう？

俺は名前も何も言わなかった。それなのに。

余計なことをしなければ良かった。誰が寒さに震えて突っ立っていようと、放っておけば良かったのだ。それを……。

俺じゃない。そうだとも。俺は全然そんなこと知らないのだ。そう言い張れば、誰もそれが嘘《うそ》だなんて思うまい。

「お父さん、ご飯よ」

と、麻衣が言った。

「ああ」

松山は新聞をテーブルに投げ出して、立ち上った。

食事の途中で、沙織が言った。

「北村さん、お帰りだったんでしょ？」

「部長か？　うん、今日帰って来た」

「お元気？」

「ああ……。何だかブローチみたいなもんをもらった」

「へえ、どんなの？」

と、麻衣がすかさず訊《き》いた。

「見てくれ、自分で。後で鞄《かばん》から出すよ」

「ごていねいにねえ」

と、沙織が言った。「社内の他《ほか》の方にも？」

「部の全員に何か買って来てたな」

「ねえ、お母さん、私が使えそうなら、もらっていい？」

「でも、一応見せてよ。お会いする機会でもあったら、お礼言わなきゃいけないから」

「うん」

もうすっかり麻衣は自分がもらった気でいる。

すると、電話が鳴り出した。麻衣が、パッと立って、

「きっと友だちから！　私、出る」

と、駆けて行ったが――。

すぐに戻って来ると、何だか妙な顔で、

「お父さん、電話」

と、言った。

一瞬、松山は鈴木という男がかけて来たのかと思った。

「誰からだ？」

「何だか――葬儀屋さんだって」

「分った」

松山はホッとして椅子《いす》を動かし、立ち上った……。

松山が戻るまで、沙織と麻衣の話があまり弾まなかったのは、仕方あるまい。

「あなた……」

戻って来た夫へ、沙織はそれだけ言った。

「部長の知人が亡くなったんだ。その葬儀の手配を頼まれてる」

「そうなの。何かと思った」

と、沙織が息をつく。

「まさか俺の葬式じゃないさ」

と、松山は笑った。

「やめてよ」

「でも、どうしてお父さんがやるの？　亡くなった人の親戚《しんせき》とか――」

「身よりの少ない人なんだ。お前は、知らなくていい」

「フン」

麻衣は口を尖《とが》らした。

――食事を終えて、麻衣が行ってしまうと、松山は、

「おい」

と、沙織へ声をかけた。「死んだのは、部長の彼女なんだ」

「まあ」

沙織が台所で手を止めて、「それで、あなたが……。元秘書だった、っていう人？」

「うん」

「まだ若かったんでしょう」

「殺されたんだ。強盗か何かだろう」

「まあ」

沙織は目を見開いた。「気の毒に。北村さんも——」

「ショックだったようだ。しかし、奥さんの手前、自分があれこれやるわけにいかない」

「そうだったの……」

沙織は、妻としての立場と、北村に仲人をしてもらったという立場の間で、微妙な気分のようだった。

「あなた」

「うん？」

「風邪、もういいの？」

そうだった。忘れていたのだ。いつの間にやら、風邪は逃げて行ったらしい。それとも呆《あき》れて出て行ったのか。

松山は、急に頭が重くなったような気がして、苦笑した……。


「部長の彼女」か……。

麻衣はそっと居間を出て、階段を上って行った。

自分がいなくなったら、二人が何を話すのか、聞いておきたかったのである。

部長の北村は、麻衣もよく知っている。いや、「よく」といっても、何度か会ったことがあるというだけだが、日本のサラリーマンにつきものの、疲れた野暮《やぼ》ったさがなくて、少女の目には「すてきなおじさん」だったものだ。

その北村の「彼女」か……。

自分の部屋に入って、麻衣はラジカセのスイッチを入れると、ベッドに引っくり返った。

もちろん、十五歳にもなれば、「彼女」の意味ぐらい分っている。――軽い失望があった。

北村が「愛人」を作っていたこと。もちろん、聖人じゃないのだから、と言ってしまえばそれまでだ。

という秘密を。

でも——なぜ大人は「秘密」を持つのだろう。男は「女」という秘密を、女は「男」

もちろん、麻衣にだって秘密はある。しかし、部長クラスの肩書がつくと、「いて当り前」のように、「彼女」の話。父は、その「彼女」のお葬式の手配をする。

そんなものなのか。男なんて、みんな同じなのだろうか。少し偉くなって、お金ができると、「彼女」がほしくなるのか。

奥さん一人だって、幸せにできないくせに、他の女性なら幸せにできるとでも思うのだろうか……。

麻衣は明りを手で遮った。

お父さんは——お父さんも、男なのだ。

今も忘れられない。半年前の、夏休みの一日……。

ひどく暑い午後で、仲のよい友だち同士、三人で歩いていた。渋谷の町を。

「凄《すご》いね、この辺」

と、一人が言って、覗《のぞ》き込んだ、わきの道は、ズラッとホテルが並んでいた。

麻衣も、それがどういうホテルか、もちろん知っていた。そこを通る気にはなれなかったが、ちょっと足を止めて、眺めていたのだ。

するとーー今も夢か幻であってほしいと思っていたがーーその一つから、父が出て来たのだ。当然、女と一緒だった。

こそこそしているとか、人目を避けているという風ではなかった。女の方は父の腕にしっかりとつかまり、ぶら下るようにして笑っていて、父も笑っていた。

血の気のひいた麻衣の顔を見て、友だちは何も言わなかったが、もちろん分っていたはずだ。家に遊びに来たことのある子もいて、父を知っていた。

父はその女と二人で、麻衣たちに背中を見せ、歩いて行った。

こんなに背筋が寒いのに、どうして汗が流れ落ちるの？ーー麻衣には不思議でならなかった……。

あの日から、麻衣の中で、何かが変った。ーー何なのか、麻衣自身にもよく分らなかったが、ともかく、「家」も、「家庭」も、それまでのように気楽な場ではなくなったのだ。

そこには「秘密」があり、「父親」という名の男がいた……。

ーーK線のN駅。

麻衣は、さっき母が言っていた言葉を、ちゃんと聞いていた。それを聞いた父が、一瞬、顔をこわばらせたのも、見ていたのである。

事実なのだ。その「鈴木」という男に、電車賃を貸したというのは、父に間違いない。

そして、父がそれを否定しなくてはならなかったのは……。おそらく間違いないだろう。

そこに父の「彼女」がいたからなのだということは……。

麻衣は、ちょっと笑った。どんなことからぼろが出るか分らないもんだわ。電車賃がなくて困っている人に親切にしたばっかりに……。

たった三百円を返しに来る人っていうのも珍しいわ。一度会ってみたいくらい。

――もちろん、麻衣は本当に会うことがあるとは、思ってもいなかったのだが。

4

間島《まじま》南子。――北村の秘書として、勤めている時には、松山は特別彼女に何も感じなかった。

年齢の割には童顔で、服装によっては、女子大生にも見えたかもしれない。秘書として飛び抜けて優秀というわけではなかった。

北村も、よくこぼしていたものだ。——ただ、任された仕事は絶対にやりとげる、という情熱には、凄《すさ》まじいものがあって、一度は四十度という熱を押して、出社して来て、五時の終業と同時に引っくり返った。

「逆に怒鳴られちまった」

と、北村が笑っていたことがあって、その辺りから、たぶん北村の、間島南子を見る目が変って来たのだろう。

しかし——彼女が退社することになり、当り前に送別会があった後、二次会から呼び出された松山は、北村に、「適当な家を見付けてほしい」と言われて、唖然《あぜん》としたものだ。

南子は、その時から、いわば秘密を分け合うパートナーになった。同時に、松山の中でも、南子という女の存在が、北村と違った意味で大きくなり始めていた……。

「——松山君」

北村が、部長室から出て来て、「悪いが、頼まれてくれないか」

「何か？」

「S社との会合の打ち合せだ。先方の担当者と、細かい点、つめて来てほしい」

「分りました」

松山は資料を受け取って、パラパラめくった。

「――少々もめそうですね」

「ああ」

北村は肯いて、「よく先方に説明してくれないか。どうしてもうちの社長の挨拶《あいさつ》を先にしてくれないと困る、と。初めに気を悪くしたら、話そのものがオジャンだ」

「言ってみます」

「頼むよ」

北村は、松山の肩を抱くようにして、エレベーターホールまで出た。そして、チラッと左右へ目をやると、

「昨日はありがとう。いい葬式だった」

と、言った。

「いえ……。私も残念でした。――犯人は、分ったんでしょうか」

「どうかな」

北村は、少し苦い口調になって、「まだ、南子がいなくなったという実感がないんだ。もうしばらくしてから、寂しくなりそうだな」

「力を落とさないで下さい」

「当分は出張中に山積の仕事で、忘れられるよ。——風邪はどうだ」

「もう、すっかり」

「ぶり返さないようにな」

北村は、引き返して行った。

松山は、外出の仕度をして、エレベーターで一階へ下りた。ボーナスが出てから、コートを買い替えて、ずいぶん暖かくなった。

「いいコートですな」

一階のロビーを通り抜けようとすると、声をかけられた。予想していなかったわけではない。しかし、やはりドキッとした。

「ああ、刑事さん」

「真野です。その節は」

「はあ……」

「ちょっとお話をうかがいたいんですが。お手間は取らせませんよ」

そうだ。こういう時には、ビルの地下の店がいい。昼休み以外には、顔見知りに会う心配がないのだ。予《あらかじ》め、松山はそう決めていた。

「——北村さんとは、ゆっくりお話ししました」

薄暗い店内で、真野はミルクティーを少しずつすすりながら言った。

「南子さんのことですか」

「北村さんは、正にエリートという感じですな。どう思われます?」

と、真野は、答えずに言った。

「もちろん。今、現実に社を動かしているのは、北村部長ですよ」

と、松山は言った。「社長は二代目で、正直なところ、器じゃありません。専務も、もう高齢。――次の社長に、北村さんを、と思っている人は、社の内外に多いはずです」

「あなたも、もちろん?」

「できることなら、そうなってほしいですね」

「なるほど。――そういう立場の人間にはストレスもたまる。女の一人ぐらいは仕方ない、ということですか」

「待って下さい」

と、松山はやや心外という口調で、「部長の私生活が道徳的にどうか、というのは、あなたと関係のないことでは?」

「もちろんです。しかし――その女が、いつも思いのままになっているとは限らない。

エリートの北村さんにとっては、堪えられないことだったんじゃありませんか」

「何のお話か、よく分りませんが……」

「間島南子とは、ちょくちょくお会いになっていましたか」

「会うことはめったにありませんでした。電話で部長との連絡の仲介をしたりはしましたが」

「そんな折に、不満や不平を聞かされたことは？」

「そりゃあ……。色々ありますよ。不安定な立場ですからね、彼女としては。しかし、部長は、精一杯やっています」

「アメリカ出張中、ひそかに帰国したことも？」

松山は、少し苦すぎるコーヒーをゆっくりと飲んで、

「ご存知ですか」

と、言った。

「調べました」

「部長にも、そのことを――」

「もちろん。すぐに認められましたよ。さすがですね。少しもうろたえる様子は見せなかった」

松山は肩をすくめた。

「お膳立《ぜんだて》は私がしたんです。——ともかく、三、四日の予定の出張が、いつまでかかるか分らない状態になって、部長も、国際電話で、相当に疲れているようでしたし、南子さんも、苛立《いらだ》っていたんです」

「ほう」

真野は興味を持ったようだった。「苛立っていたというのは？」

松山は、少し間を置いて、

「どうせ、調べれば分ることでしょう。——彼女は、二か月前に、子供を堕《おろ》していたのです」

「なるほど」

「その後、少し不安定になって……。当然のことですがね。しかも、部長はずっとアメリカ。——このままじゃ、どっちにも良くないと思い、思い付きでしたが、言ってみたんです。誰にも内緒で、一旦《いったん》、帰国しませんか、と」

「それが木曜日」

「そうです。翌日にはもう部長はアメリカへ発《た》ちましたが」

「間島南子が殺されたのは、正にそのころですよ」

　松山は、真野をぼんやりと見つめていたが、

「――馬鹿げてますよ。部長が殺した、とでも？」

「もちろん、強盗殺人の線も、忘れてはいません。しかし、物色の仕方がね、どうもわざとらしい。我々の目から見るとですね。わざわざ派手に散らかしたように見えるんです」

「南子さんと別れたければ、私にそう言うはずです。まず私を通して話をさせる。部長はそういう人ですから」

「なるほど。――いや、どうも面白い話を」

　真野は、やや唐突に立ち上った。「いや、ちゃんと払いますよ」

「ご心配なく。サインしておくだけです。社の来客用になりますから」

　松山は、微笑《ほほえ》んで、伝票にボールペンでサインした。

――ロビーへ戻って、真野がコートのポケットへ手を突っ込んで出て行くのを見送る。

　軽く息をついた。

　意外に早く、北村の一日帰国の件を、かぎつけている。ごまかしてはいるが、容疑をはっきりと北村に絞っているのだろう。

松山は、少し心が痛んだ。しかし――他にどうしようもない。

あの時と同じだ。他にどうしようもない……。

出かけよう。遅くなった。

松山がビルを出て歩き出すと、公衆電話のボックスの扉を開けて、出て来た男とぶつかりそうになった。

「おっと！――危ないじゃないか」

と、前のめりになって、何とか踏み止《とど》まった松山は、その相手に投げつけるように言って、そのまま行ってしまおうとしたが――。

「お金を返しに来たんです」

松山は振り返った。――あの若者が立っていた。

「お待ちしてたんです、ずっと」

今日はコートを着ているが、灰色のくすんだ印象は、少しも変らない。平板な口調で、

「お宅にも伺いました」

と、続ける。

「君……。鈴木君というのか」

「そうです。あの時はありがとうございました」

と、頭を下げる。

「君ね、家内も言ったと思うけど、人違いだよ。僕は君に金なんて貸したことはない」

鈴木という若者は、戸惑ったように目を細くして、

「そんなことはないと思いますが……」

「本人がそう言ってるんだ。間違いないじゃないか」

松山は、できるだけ穏やかな口調で言った。「これで分っただろう？　大体――どうしてこの会社へ来たんだね？」

「社名入りの封筒をお持ちでしたから」

そうか！　松山は内心、舌打ちした。しかし、ともかく、とぼけるしかない。

「じゃ、うちの社の封筒を持ってたのかもしれないね、そいつが」

「この会社に三日間、通いました。退社時に、出て来る人の顔を、ずーっと見て、探したんです。何しろ、凄《すご》い人数ですから、大変でしたが……」

松山は唖然《あぜん》とした。――M化学工業は決して小さな企業ではない。

「やっと、この人だ、と思う顔を見付けて……。でも、見失ってしまったんです。何

人かご一緒でしたから。で、捜している内に、一緒にいた方を見付けて、訊《き》いてみたんです。服装や、特徴をお話しして。そしたら、あなただろう、と……」

この男はまともじゃない！　どうしてあの時、それに気付かなかったんだろう。

「ご苦労様だったね。しかし、君は勘違いしてるよ。誰か僕と似た人間だったんだろう」

と、松山は気楽な調子で言った。「大体、いいじゃないか、三百円くらい。もらっとけば。そんなにしてまで、どうして返したいんだね？」

「金額の問題じゃありません。借りたものは返す。それが人の道というものです」

鈴木は、真面目《まじめ》そのものだった。

「君……何か宗教団体にでも入ってるの？」

「いいえ。僕は人間しか信じません。人の善意を信じているんです」

「善意ね……」

「ですから、あの時、あなたが電車賃を貸して下さったので、感動したんです。ああ、世の中には、まだ人の善意が生きている、と思って……」

「僕じゃない！　何度言ったら分るんだ、君は」

松山は、苛立《いらだ》って来た。「もう僕の所へ来ないでくれ。もちろん、会社にも家にもだ。分ったかい」

返事を待たず、松山は歩き出した。こっちは仕事があるのだ。あんな奴《やつ》に付合っていられるか！

「松山さん」

十メートルほど歩いた所で、また呼び止められた。

――真野刑事だ。

「何か……」

「度々、申し訳ありません。一つうかがおうと思っていたことを、忘れてしまいましてね」

「何ですか」

「彼女――間島南子ですが、会社にいたころ、付合っていた男性というのは、いませんでしたか」

「さあ……。私は知りません。女子社員に訊《き》けば、あるいは……」

「なるほど、そうでしょう。いや、何度も申しわけない」

と、真野は早口に言って、「――今、話しておられたのは誰です？」

「え？」

「そこで立ち話をしていた若者です。何だか迷惑されておられたようですな」

「いや、ちょっと――」

「まだ立って、あなたを見てますよ」

松山は、鈴木が、じっと自分を見つめているのを感じて、ゾッとした。「なぜ金を返させてくれないんだ」と、恨みごとを言っているかのようだった。

「何なら、ちょっとおどかしてやりましょうか」

と、真野が言った。

「あ、いや……。大したことじゃないんです。ちょっとした思い込みで。――一旦《いったん》思い込むと、なかなか分ってくれない、という手合がよくいるもんです」

「そうですよ。いやになるくらい、見ています、私も」

と、真野は言った。「じゃ、どうも」

「ご苦労様です」

そう言ってやるのが、やっとだ。

――松山は、足早に歩き出し、少し行って地下鉄の駅へと、階段を下りかけて、もう一度振り向いた。

さっきと同じ場所に立っている鈴木の姿。遠くて、判別できなくても、その目がこっちを見ていることは、はっきりと分った。いや、感じられた。真野の姿は見えなかった。少なくとも、真野があいつに話しかける、という危険は避けられたのだ……。

　地下鉄のホームへ出ると、思ったより人が多くて、なぜかホッとする。——いつもこみ合っている状態を見慣れているせいだろうか、あんまり閑散としていると、却《かえ》って落ちつかないのである。

　この分じゃ、座って行けないかもしれないな……。大して苦にはならないが。

　松山は悔んでいた。——間島南子を殺したことを、ではない。あれは、やむを得ない選択だったのだ。

　何も、俺が彼女を欲しいと言ったわけではなかった。彼女の方から、北村となかなか会えない苛立《いらだ》ち、不満を、ぶつけて来ただけだ。

　しかし——結果は、とんでもないことになってしまった。南子の妊娠……。

　北村と、ずっと会っていない時期だったから、ごまかすわけにはいかない。結局、子供を堕《おろ》すしかなかったのだが……。それが、南子の中にふくれ上りつつあった苛立ちを、いっそうかき立てる結果になった。

　南子に呼ばれると、松山は出かけて行かないわけにいかなくなった。拒めば、すぐにでも自宅へ押しかけてやる、と言い、実際、ためらわずにそうしただろうから。

北村は、もちろん何も気付いていなかった。そして、相変らず松山を信じ切って、「南子を頼むよ」と、言って、忙しく飛び回っていた……。

松山が、北村の「信頼」を憎み始めたのは、そんな理由だったのだが……。いや、本当は、もっと前から、ずっと前から、北村を憎んでいたのかもしれない。

でなければ、北村が一日だけ帰国するという機会を捉《とら》えて、南子を殺そうと考えたりするだろうか？　何も北村を犯人に仕立てなくても、ただの強盗殺人に見せかければすむことだったのだから。

もういい。――やってしまったことは、取り消せない。ビデオテープのように巻き戻して消すというわけにはいかないのだ。

――電車が、闇《やみ》の奥からやって来る。まだ音だけが先に駆けて来ているのだったが。

松山はホッとした。待つのは不安だった。

あれから、刑事の手が、がっしりと腕をつかんで、手首に冷たい手錠がガシャッと鳴る。――そんな夢を何度か見た。

忘れるんだ。俺が犯人だと分るようなものは、一つもない。一つも……。

あいつ以外は、だ。

しかし、放っておけば、やがてあいつも諦《あきら》めるさ。そうだとも。

電車のライトが見える。松山は仕事のことを考えようとした。——俺はサラリーマンなんだ。そうだとも……。

突然、誰かに突き当られて、松山はよろけた。ホームから、線路に向って転落しそうになった。

よせ！——電車が——電車が——。

5

麻衣は学校を出て、歩き出した。

時間はまだ早い。やっと午後の一時になったところである。

麻衣は、解放感に浸っていた。今日、テストが終ったのである。

本当なら、仲のいい友だちと四、五人で何か食べて帰るところだったのに、クラブのことで顧問の先生に呼ばれて、遅くなってしまった。

しょうがない。一人で帰るっていうのもつまらないけど……。

今日はお父さん、会社を休んでる。何だか昨日、危うく地下鉄のホームから落ちそうになったとか。

そばにいた人が、コートをつかんで引張ってくれたので、助かったらしいが、そうでなかったら、電車にひかれていたかもしれない、とお母さんは言ってた。

まあ、大体お母さんは何でもオーバーなんだけど。でも、お父さんも、その時に転んで腰を打っただけにしては青い顔してて、やっぱり、相当ショックだったようだ。

もちろん、麻衣だって、お父さんが死ななくて良かった、とは思っている。でも、帰って、お父さんがパジャマ姿で家の中をウロウロしてる(ごめんね!)のかと思うと、少々帰宅の足が重くなるのは、十五歳の少女として、仕方のないところだったろう。

家までは、電車で、ずいぶん乗らなくてはいけない。麻衣は、駅前のファーストフードの店で、お昼をすませることにした。

一階のカウンターでサンドイッチとココアを買い、二階のテーブル席へ上る。鞄《かばん》があるし、コートも重い。座らなくちゃ。

いつもお気に入りのテーブルが空いていて、ラッキー、と思った。

外の寒さが、やっと体の中から逃げて行くようで……。

「失礼」

その男は、いつの間にか、向いの席に座っていた。――あんまり静かに座ったので、そんな風に感じたのかもしれない。

麻衣がポカンとしていると、

「そのサンドイッチの方が、おいしかったかな」

と、自分が買ったハンバーガーを見ている。

「それ、ここじゃ一番評判悪いの」

と、麻衣は言った。

「そうか。――仕方ない。買っちゃったんだから」

「あの……」

「松山さんの娘さんだよね」

麻衣は、すぐに分った。――母の言っていたイメージ通りの人だ。

「あなた……鈴木っていうんでしょ」

「知ってる？」

「お母さんが話してた。お父さんからお金を借りた、って……」

「そうなんだ。でも、君のお父さんは、そんなこと知らない、っていうし……」

麻衣は肩をすくめた。

「どうでもいいじゃない、そんなこと」

「そうはいかないんだ。――金額の問題じゃない。これは主義の問題なんだ。そうなんだよ」

話している間に、自分の独り言のようになって来る。――やっぱり、「普通じゃない」んだわ、この人。

「私に渡しに来たの、三百円？」

と、麻衣が言った。「もらっといてもいいわよ」

「いや、お父さんが受け取ってくれなきゃ、意味がないんだ。――あの日、僕は絶望してた。人間が信じられなくてね。でも、その時、君のお父さんが僕に声をかけてくれた。見も知らない僕に……。忘れないよ。君のお父さんの顔は。絶対に忘れない」

「そう……」

妙な人。――でも、危ない感じはしない。

「で、どうして私の所へ来たの？　学校まで調べたの」

「制服を見たんだ。君が家へ帰って来るのを見かけて。で、本で調べた。よく似たのがずいぶんあってね。少し手間どった」

麻衣は呆《あき》れた。何て人だろう！

「でも、お父さんが知らないって言ってるのよ。いくらあなたが頑張っても……」

「何かわけがあるんだ。きっとね」

鈴木は肯いて、「もちろん、僕だって、分らないわけじゃないよ。人間には色々事情がある。隠しておきたいことも。——でも、僕には嘘《うそ》をつかないでほしいんだ。僕はただ、お金を返したいだけなのに」

麻衣は、じっと鈴木の傷つきやすそうな、細やかな表情を見ていた。一歩間違えばどこへ行くか知れないような、しかしそれは麻衣の周囲の誰もが持っていない純粋さを持っていた……。

「私にどうしてほしいの？」

と、麻衣は言った。


あ、クリーニング屋さんだわ。

沙織は、チャイムが鳴るのを聞いて、急いで玄関へ出て行った。

ちょうどそんな時間だったし、出すものが沢山あって、整理しているところだったのである。

「はい……」

ドアを開けかけて、一瞬、ドキッとした。もしかして、また――。

「奥さんですか」

ずんぐりした男が、しわくちゃのコート姿で立っている。

「はあ……」

「警察の者です」

と、男は手帳を見せて、「真野といいます。ご主人にお目にかかりたくて」

名前には聞き憶えがあった。――確か、北村の愛人が殺された事件……。

「あの……。主人、出かけているんです」

「そうですか。いや、会社へお電話したら、お休みということでしたので」

「ええ、昨日、ちょっと転んで腰を打ちまして」

「そりゃいけない。ひどいんですか？」

「今、近くの病院へ。――じき戻ると思いますけど。お待ちになりますか」

真野は、遠慮したが、結局上り込んだ。

「――いや、色々ご迷惑をかけてますよ、ご主人には」

と出されたお茶を飲みながら、真野は言った。

「大変ですね。犯人はもう――」

「いや、一向に。それで、何かとご主人につきまとうことになりまして」

と、真野は照れたように、言った。

「一人暮しの方は、危ないですわね」

「全く。——近所は人がいるんですがね。駅の辺りは寂しい所で、まだこれからというところですが」

「そうですか」

「N駅というんですが、行かれたことはありますか」

沙織は、少しの間、答えなかった。

「——いえ、行ったことがありません」

自分の声が、どこか遠くの家で見ているTVドラマの中の声みたいに聞こえた。

玄関で物音がして、ハッとする。——夫が帰って来たのだ。

「ただいま」

と、居間を覗いたのは、麻衣だった。

「あ……。お帰りなさい。娘ですの。警察の方よ」

「こんにちは」

麻衣は、ピョコンと頭を下げると、「お母さん、クリーニング屋さんの車、停《と》まってるよ」

「あら、そう？」

「今、お向いの家みたい」

「分ったわ」

麻衣がキッチンへ入って行く。

「すっかりお邪魔してしまって」

と、真野が言った。

「いえ、別に……。主人ももう——」

「出直します。明日でもまた会社の方へご連絡してみますよ」

「そうですか……」

沙織は、玄関まで送りに出た。真野がドアを開けると、入れ違いでクリーニング屋が入って来る。

「待ってね。結構あるの」

沙織は、用事があるので却《かえ》って気が楽になった。

夫の古いコートや、スーツ、自分のニットウェアもかかえて玄関へ持って来る。

「急がなくていいわ。来年になる？」

「できたら、そうさせていただけますか」

と、クリーニング屋はノートにつけながら、

「ポケット、大丈夫ですね」

「一応見るわ」

前に、古い腕時計を入れたまま、ハーフコートを出してしまったことがある。

「――レシートね。つい、ポケットへ入れちゃうんだわ」

夫のコートのポケットを探って、沙織は、指先に触れる物を感じた。

「ああ、電車の切符ですね。よくありますよ、入ったままなのが」

と、クリーニング屋が笑った。「じゃ、お預かりして行きます」

「よろしく」

沙織は、玄関のドアが閉ると、手の中に握りしめていたものを見下ろした。

その小さな紙片は、汗でしめっていた。K線、N駅の切符。――沙織は、その切符の日付を見たくはなかった。

見なくても、分っていたのだ……。

会社の中は落ちつかなかった。

もうすぐ五時。――もちろん、本来なら五時で帰れるのは、ごく一部の社員だけだ。しかし今日だけは別だった。――今夜はクリスマスイブである。

独身の社員は、男も女も、五時のチャイムが鳴る前から、帰り支度を始めている。家族持ちも、今夜ばかりは夜中まで残業とか、マージャンというわけにはいかない。

昔ならともかく、今はもう、会社全体が「今日は帰ろう」という雰囲気なので、仕方ない。

渋い顔をしている古手の社員もいるが、世の流れには逆らえない、というところだろうか。

松山も、机の上を片付け始めていた。

「――松山君」

北村が、すぐそばに立っていた。

「部長。何か？」

「話があるんだ。いいかな？　すぐにすむ」

「ええ、もちろん」

松山は引出しを閉めると鍵《かぎ》をかけて、部長室へ入って行った。

「お先に」

と、声をかけて行く女の子へ、

「メリークリスマス」

と、手を振ってやって、ドアを閉めると、北村はゆったりと部長の椅子に身を沈めていた。

「奥さんたちと、約束があるんじゃないのか」

と、北村が言った。

「家へ帰るだけですよ。娘は娘で、友だちの家でパーティとか。親の出る幕じゃありません」

と、松山は笑った。「――部長、何か?」

「うむ」

北村は、ペーパーナイフを弄《もてあそ》んでいた。「今夜は女房と二人で食事だ。久しぶりだよ」

「そうですか」

「明日からは、もう会社へ来ない。君には言っておこうと思ってね」

北村の言い方は淡々としていた。松山は戸惑って、

「何のお話ですか?」

と、訊《き》いた。

「今日付で退職した。社長と昼間、話し合ったよ」

松山が言葉もなく、北村を見つめていると、

「——たぶん、二、三日内に僕は逮捕されるだろう」

と、北村は続けた。

「逮捕？」

「南子を殺した容疑だ。警察は、もう僕がやったと決めている」

「まさか」

「本当だ。——今夜は来ないだろう。イヴの夜ぐらいはね。しかし、年が明けるまでは待ってくれない」

「しかし……。裁判になれば——」

「証拠不十分で無罪か。しかし、証拠を残さなかっただけで、あいつがやった、と言われるさ」

北村はゆっくりと首を振った。「いずれにせよ、南子が僕の愛人だったこと、彼女が誰かに殺されたことは事実だ。それだけでもスキャンダルになるのは避けられない」

「だからといって――」

「君も、これに絡んで何かと迷惑することがあるだろう。申し訳ないが、許してくれ」

松山は、何とも言いようがなかった。

「――あの社長の下で、この会社がやっていけるかどうか。僕には分らん。しかし、社員が頑張ってくれれば……。何とか切り抜けてくれ」

「部長――」

「進行中の件は、全部、あのファイルの中だ。秘書あてにメモを残しておく」

北村は立ち上った。「それだけだ。引き止めて悪かった」

「いえ……」

「色々ありがとう」

北村が差し出した手を、松山は握った。南子の首を絞めた、同じ手で。

――いつの間にか、自分でも気付かない内に、身仕度をして、会社を出ていた。

朝から、ひどく寒かったのだが、外へ出ると、ちょうど白いものが風に揺らぎながら落ちて来るところだった。

「ねえ、雪よ！」

通りかかったカップルが、足を止める。

「寒いと思ったよ」

「ねえ、ホワイトクリスマスだ！　すてきじゃない」

二人が、また肩を寄せ合って、歩いて行く。

ホワイトクリスマスか……。恵みの季節、赦《ゆる》しの季節だ。

松山の心は、寒かった。どんなに分厚いコートで身を包んでも、胸の空洞を吹き抜ける寒さは、防ぎようがなかった。

なぜだろう？——すべて、計算通りに行ったのに。

北村が逮捕されれば、もう警察が犯人を捜すことはない。たとえ無罪になっても、それは何年も先のことだ。もう松山は安全なのだ。

安全……。何から安全なのか？

俺は、自分の記憶から逃げることはできない。——そうだろう？　この両手の中で、ひくひくと震え、喘《あえ》いで死んで行った南子の肌の記憶……。

ああするしかなかった。南子は、松山にのめり込んで来たのだ。そして、北村に何もかも話す、と言い出した。

松山には、家庭があり、未来があった。南子の一言が、そのすべてを吹っ飛ばしてしまうところだったのだ。

北村が一日だけ帰国する日、松山は、その夜に最後の望みをつないでいた。南子が、やっぱり北村を愛している、と思い直してくれるのではないか、と……。

しかし、北村がアメリカへ戻った後、あの家へ行った松山は、南子が北村にあてて別れの手紙を書いているのを見た。——もう、選択の余地はなくなったのだ……。

北村を犯人に仕立てたかったわけではない。しかし、痴情による犯行ということになれば、当然容疑が北村にかかることは承知していた。

北村が帰国する日、松山は匿名の電話で、南子の家の様子がおかしい、と警察へ連絡したのだ。

すべては、松山に都合良く運んだ。——そう。あの鈴木という男のことを除けば。

だが、これで北村が逮捕されれば、もう何の心配もなくなるのだ。

笑ってもいいはずだった。

それなのに、松山は雪を吹きつけて来る寒気に、頬《ほお》の涙が凍りつくように冷たいのを、感じていたのだ……。

6

駅を出ると、かなり本格的な雪になっていた。

いつもこうだ。——都心が雨でも、家へ帰って来ると雪、ということも珍しくない。

駅を出るサラリーマンたちの足取りも、いつもよりずっと速い。こんな時間に、めったに帰ることがないせいか、駅前の商店街がまだ明るいのを見て、面食らっている人もいる。

バス停に向って、コートのえりを立て、首をすぼめた男たちの列が急ぐ。松山は、吐く息の白さ、頰《ほお》を凍らせる風の冷たさが、却って救いのように思えて、一旦足を止めたりした。

麻衣の奴《やつ》、早く帰って来ればいいが。もちろん、まだ雪が積って困るというほどではないだろうが。

バスは、大分混み合っていたが、それも暖かくなって助かる、という気分だった。揺れながら、右へ左へとバスは住宅地の中を巡って行く。

どの停留所でも、数人ずつ降りて行く、というのが面白いところだ。——松山は、吊皮《つりかわ》につかまって、かじかんだ手に、やっと感覚が戻って来る、くすぐったいような感じを味わっていた。

次かな？――いや、もう一つ先だ。

大分、バスの中も空《す》いて来た。空席はないが、立っている客が七、八人。もう座るまでもない。

松山のそばに立っていた男が、ボタンを押して出口の方へ移動して行った。

鈴木が、そこに立っていた。かげになって、見えなかったのだ。

松山は、それが本物なのか――幻覚じゃないのか、と思ってみた。鈴木はじっと窓の外へ目をやって、松山には気付いてもいない様子に見えたのである。

そこにいるのか？　お前は本当に、そこにいるのか？

――松山は、鈴木の方へと歩み寄って行った。

「――あら、お帰りなさい」

沙織は、玄関へ出て来ると、「ちょうどご飯にするところ」

「麻衣は？」

と、松山は上りながら、訊いた。

「お友だちの所で、ほら、パーティだって――」

「うん、聞いた。まだ帰ってないんだな」

「九時ごろになるって。雪でしょ？　早く帰って来ればいいのにね」

沙織は、キッチンへと戻って行った。「すぐに食べる？」

「そうだな……」

松山は、居間のソファに、脱いだコートと、マフラーを投げ出した。

「あなた……。着かえたら？」

と、沙織がやって来て、背広姿のままの松山を見て、言った。

「また出るんだ」

「出るって――こんな時間から？」

と、沙織は、ソファに並んで座ると、「どこに行くの」

「そう時間はかからない」

松山は、上衣を脱いだ。「――沙織」

「え？」

「クリスマスだな……」

沙織は、ちょっと戸惑ったように、

「イヴよ、正確には。でも今夜が大切なんでしょ、若い人たちには」

「俺たちには、遠い昔だ」

と、松山は言った。

「そうね。でも……まだそれほどの年齢じゃないわ」

「今はそうだ。――だが、何十年かたつと……」

「何のこと？」

松山が、急に沙織の方へ向くと、腰に手を回して抱き寄せた。

「あなた……何してるの？」

松山は、びっくりしている沙織をソファの上に押し倒した。

「ちょっと――こんな所で――」

沙織の口を、唇でふさぐと、松山はもう何も聞かず、何も見ないままで、沙織の中に埋没して行った……。


「――K線のN駅」

沙織がソファに横たわったまま、言った。

松山は、上衣を着かけていた手を止めて、

「何だって？」

と、振り向いた。

沙織は、起き上って、ブラウスのボタンを止めながら、

「あなたのコートのポケットに、切符が入ってたわ。あの日付の」

と、言った。

「あれは――」

と、言いかけて、やめた。

捨てたはずだ。そう、確か、ここの駅で降りた時に、捨てたはずだ。それとも……。

それなら、コートのポケットに入っているはずがない。捨てなければ、と思っている内に、本当に捨てたような気になっていただけなのだろうか。

分らない。――今の松山には、分らなかった。何もかも、幻だったのか。

あの鈴木という男さえも。

いや、一つだけは本当だ。松山の手で絞め殺した、間島南子の死体。あれだけは確実に存在した「現実」なのだ。

「あの、殺された人、N駅の近くに住んでいたのね」

沙織は髪に手をやって、直しながら、「あの日……その人の所へ行ったの？」

松山は、マフラーを首に巻いた。

「なぜ言わなかったの？」

松山はコートをはおると、玄関へと出て行った。——沙織は出て来なかった。

玄関のドアを開けると、雪はまだ降り続いていた。さっきよりも、ひどくなっているようだ。

松山は毛糸の手袋を出してはめた。ゆっくりと指を伸したり曲げたりしてみる。

——いるだろうか、あの男は？


「君」

バスの中で、呼んだ時、鈴木は少しも驚いた様子ではなかった。

ただ松山の方へ顔を向けて、

「どうも」

と言った。

少し、微笑さえ浮かべていた。

「もう来るな、と言ったはずだよ」

松山は、真直《まっす》ぐに鈴木の目を見ていた。

「でも、どうしても返さなきゃならないんです、あのお金は」

鈴木の口調は淡々としていた。「受け取っていただけますか」

突然、松山はバスの前の方の座席に、見憶《みおぼ》えのある、ずんぐりした後ろ姿を見たような気がした。あれは、真野という刑事だろうか？

鈴木は、穏やかな目で、松山を見ている。――警察が、この鈴木の話を聞いているとしたら……。半信半疑でも、松山のことを探っているとしたら……。

「断る」

と、松山は言った。「僕じゃない。僕は知らないんだ」

そうだとも。何と言われても、否定し続ければいい。誰も、証拠は持っていない。自動券売機に落ちた百円玉三つを、今さら見付けることはできないのだから。

「いえ、あなたですよ」

と、鈴木は言った。

「だったら、どうして嘘《うそ》をつく必要があるんだね、君に？　もういい加減にしてくれないか！　もう沢山だ！」

松山は、いつしか大声を上げていた。――バスの乗客が、びっくりして眺めている。

あのずんぐりした後ろ姿だけが、そのままだった。

降りなければ。――気が付いて、松山はあわててボタンを押した。

降りたのは、松山と鈴木の二人だけだった。してみると、あのずんぐりした男は、ただ真野と似ていただけなのだろうか。

「どこへ行くつもりだね」

と、降りた所で、松山は言った。

「あなたに受け取っていただきたいんです」

――受け取れば、どうなる？

あの夜、N駅の前で、鈴木に三百円やったことを認めるのだ。もし、刑事が鈴木の話を聞いているのなら、その事実を見逃しはしないだろう。

「受け取らないと言ったら、どうするんだね？」

「あなたが受け取って下さるまで、待っています」

と、鈴木は言った。

松山は、ちょっと唇を引きつらせて笑った。

「この雪の中で？」

「ええ。――構いません。何時間でも」

「そうか。じゃ、待ってるといい」

松山は肩をすくめた。「その奥に、小さな公園がある。そこで待っていたらいい。もし気が向いたら、後で行くよ」

「そこの公園ですね」

と、鈴木は肯いた。「分りました」

松山は家に向って歩き出した。――少し行って振り向くと、鈴木が公園の中へ入って行くところだった。

あいつはきっと待ち続ける。――朝まで。

この雪の中で？　そう、きっと待ち続けるだろう。

そして朝までに、あいつは確実に凍死する。

そうだ。これで問題は解決だ。俺は自分で何もしないで、あいつを消してしまえるのだ。

松山は、やっと笑った。そして自宅の玄関のドアへと手を伸したのだった。


しかし、今――。

また、松山は家を出ている。どうしてだ？　どこへ行くのか？

あの男の所へ。――なぜ？　放っておけばいいのに。なぜ行くのだろう？

道を歩き始めて、松山はギクリとした。雪に遮られて気付かなかったのだが、すぐ目の前に、麻衣が立っていたのだ。

「帰ったのか」

と、松山は言った。

「友だちの家で……。週刊誌、見たの」

と、麻衣は言った。「初めて見たの。殺された女の人の写真を」

「麻衣――」

「お父さんがあの人とホテルから出て来たのを、私、見たの。――夏休みに」

ギュッと両手をダッフルコートの大きなポケットへ突っ込んでいる。「まさか……あの人だと思わなかった。北村さんって人の『彼女』が」

松山は、凝然と立ち尽くしていた。

「あの女の人……N駅の近くに住んでたのね」

と、麻衣は続けた。「私、頼まれてたの。鈴木って人から」

「何だって？」

「あの時の切符を、まだ持ってるんだって言って……。駅員がいなかったんで、降りる時に、渡さなかったんだって。だからそれを――お父さんの気が付くところへ置いてくれ、って。きっと思い出してくれる、って……。あの人、お父さんが、忘れてしまったのかもしれない、と思ってたのよ。何日のことだったか、よく憶えていないのかも、って」

「じゃ、コートのポケットに入っていたのは、あいつの切符か」

「ええ。クリーニングに出すんだって知らなくて、入れちゃったの」

「ホッとしたよ」

松山は、ちょっと笑った。「寒いぞ。中へ入れ」

「どこへ行くの、お父さん？」

「用事だ」

しばらく、二人の吐く息だけが、白く、雪に混って流れた。

「――お父さん」

と、麻衣は言った。「あの夜、どうしてあの女の人の所に行ったの？」

「お前には関係ない」

「だって……あの晩に殺されたんでしょう、あの人？」

麻衣の言葉は、ほとんど叫びのようだった。声は決して大きくなかったのだが。

松山は、右の手袋を外すと、指で、娘の頬《ほお》に触れた。

「氷みたいに冷たいぞ。――早く中へ入れ」

「うん……」

「父さんも、すぐ戻る」

松山は歩き出した。うっすらと積った、乾いた雪が、靴の下で、キュッキュッと音をたてた。

――公園までは、ほんの数分だが、足下に気を付けて歩いたので、十分近くかかった。

靴をはいていても、爪先《つまさき》がしびれるように冷たかった。

白い街灯が一つ、公園の中を照らしていた。

鈴木は、そこにいた。――ベンチに座ろうともせず、公園の奥に立って、じっと両手を前に組んで。

雪は、すでに鈴木を白髪に変え、はおったグレーのコートは、白い粉をまぶして、むしろ新しくなったように見えた。

吐く息が、白く見えていなかったら、彫像だと思ったかもしれない。

松山は、寒さが自分の周囲から消えて行くように感じた。公園の中が、どこか別の世界ででもあるかのように。

今なら、コートも上衣も、いや、何もかも脱ぎ捨てられるような気がした……。

歩いて行くと、鈴木が少し顔を上げ、松山を見た。

「来たよ」

と、松山は言った。

「お待ちしていました」

鈴木は微笑《ほほえ》んだ。――雪の中では、奇妙に見えるほど、おっとりした笑顔だ。

「来る気はなかったんだがね」

少し手前で足を止めて、松山は言った。

「でも、きっと来て下さると思ってました」

鈴木は、コートのポケットへ手を入れると、ゆっくり出して、「――三百円、ここにあります」

百円硬貨が、白く光っている。

「受け取っていただけますか」

――松山は、大きく息を吐き出した。

急に、体が軽くなったようだ。

そうだ。俺が望んでいたのは、これだったのではないか。

逃げ回り、拒み続けていたのは、たったこれだけの簡単なことだったのではないか……。

これを取れば、俺は自由になれる。解放されるのだ。

「分ったよ」

松山も微笑んだ。「利子なしで返してもらおう」

「分ってました」

と、鈴木は肯いて、言った。「必ず受け取っていただけると」

鈴木の手の上の、三つの百円玉へ、松山が手を伸した時、

「お父さん！」

と、呼びかける声がした。

「麻衣……。どうしたんだ？」

「受け取らないで」

公園の入口に立って、麻衣は首を振った。「受け取っちゃいけない！」

「麻衣……」

「あの刑事さんが……。こっちへ来るわ」

雪が、風に巻かれて渦を巻いた。

「いいんだ」

と、松山は言った。「お前やお母さんにはすまないが……。こうしなきゃいけなかったんだ」

百円玉を手に取ると、松山は麻衣の方を向いた。麻衣が駆けて来て、父親の胸に飛び込んだ。

「――どうかしてたんだ、父さんは」

「帰って来てね。――絶対に、生きて帰って来てね」

麻衣は、父親の胸に顔を埋めて、言った。

涙は出なかった。

公園に、あのずんぐりした姿が入って来た。

「どうも……」

と、真野は言った。「せっかくのクリスマスに、申し訳ありませんがね」

「刑事さん」

松山は、麻衣の頭を、そっとなでながら言った。「今夜はイヴですよ」

「そうでした」

真野は、ちょっと笑って、「一旦、お宅へ行って、話をうかがいましょうか」

「いや……。大丈夫です」

松山は、首を振って、「麻衣。これを母さんに渡してくれ」と、三枚の百円玉を、娘の手に握らせた。

「うん」

「行きましょう」

歩き出そうとして、松山は振り返った。

鈴木の姿は、どこにも見えず、ただ、雪が舞っているばかりだった。

エピローグ

「間違いありません」

松山は、長い調書を読み終えて、肯いた。

「そうか。——お疲れさん」

真野が、軽く松山の肩を叩《たた》いた。「腹が減ったろう。何か取ろうか。何がいい？」

「何でも」

椅子《いす》に座り直して、松山は頭を振った。——取調室の空気は、いいとは言えない。

「おい、天丼《てんどん》か何か注文してくれ」

真野は若い刑事に言いつけた。

二人だけになると、松山は、冷めたお茶を飲んで、

「じゃ、初めから私に狙《ねら》いをつけていたんですか？」

と、訊《き》いた。

「そうでもない。しかし、北村の犯行にしては、アリバイ作りもしていないし、出入国すればすぐに分るしな。殺すとしても、あんな時期は選ばないだろうと思った」

「なるほどね」

「それと、君があの鈴木とかいう男と話しているのを近くで聞いてしまってね。当ってみると、君と間島南子の関係は、すぐに出て来た」

「隠れてやってるつもりでも、見られているものなんですね」

松山は、真野を見て、「北村部長は、会社を辞めたんですか？　聞いていませんか」

「そうか、忘れてた」

ポンと額を叩《たた》いて、「伝言があったんだ。北村さんから」

「部長から？」

「結局、また返り咲くことになったらしい。取締役だ。社長はお飾りってことになる

そうだよ」

「そりゃ良かった」

松山はホッと息をついた。

「君にすまないと伝えてくれ、ということだった」

「私に？」

「南子との間のいざこざを、全部君の方へ持って行ってしまった、とね。それがなければ、こんなことにならなかったろう、と悔んでいるそうだ。――君がいない間、ご家族のことは一切心配しないように、とのことだった」

松山は、胸が熱くなった。――その北村に、殺人の罪を着せかけたのだ。

「それより、分らんのは、あの鈴木って男だな」

と、真野は首を振った。「捜してみたが、さっぱり見付からん。あの公園で消えてから、それきりだよ」

「変ってるんですよ」

と、松山は言った。

「かもしれんな。――何だ？」

ドアが開いて、

「お電話です」

と、呼ばれた真野は、出て行った。

一人、部屋に残った松山は、まるで入社試験の面接を受ける時のような気分で、椅子にかけていた。

ふと、振り向くと、部屋の隅に鈴木が立っている。

「いつ来たんだ?」

と、松山は笑顔で言った。

「さっきから、ここにいました」

鈴木は、相変らずパッとしないコートで、両手を前に組んでいた。

「しつこい奴《やつ》だな、全く」

「人間は、しつこいところがあるから、何かをなしとげるんです」

「なるほど」

松山は肯いた。「で、何の用だい? もう三百円なら、返してもらったよ」

「すみませんね」

「謝ることはないじゃないか」

と、肩をすくめて、「君は百円玉三つで、僕をやっつけたんだ」

「やっつけるつもりはありませんでした」

「分ってるよ」

松山は肯いた。「これで良かったんだ。——これで」

「そうおっしゃっていただけると……」

鈴木は、ホッと息をついて、「また、お待ちしてますよ」

と、言った。

「待つ？」

「あなたが帰って来られるのを」

「ずっと先の話だぜ」

「知ってます」

鈴木は軽く頭を下げ、「待つのは、得意ですから……」

と、言った。

机の方へ向き直って、松山は、自分が社会へ戻って来る日のことを考えた。

そこには、沙織と、すっかり女っぽくなった麻衣が待っていて、そして少し離れた所に、鈴木が立っているだろう。

その光景は、まるで現実そのもののように、松山の前に広がっていた。

解　説

酒井順子

時枝　ルミ子　京子　正人　卓美　晃子　秀子　寿哉

これは暗号ではなく、本書に収められている六本の短篇それぞれの、主人公の名前です。こうしてみると、主人公達の名前はどれも、さほど突飛なものではありません。主人公のみならず、本書の登場人物達は皆、〝昭和の普通の名前〟を、作者からつけられているのでした。

「わらの男」の主人公・時枝は、お金持ちのお嬢様。いい女風のキャラクターでもあって、普通であれば「麗子」とか「かほる」といった（根拠はあまりありませんが）、それっぽい名前で小説に登場してきそうな人物です。

だというのに「時枝」というのは、あまりに地味です。普通の家の子供ですら、「玲衣奈」とか「真凜」といった芸名のような本名を持つ時代となった今、「〇枝」という名前は珍しいというのに。

が、時枝という名前の地味さこそが、かえって彼女の内面の特徴を引き立たせているように私は思います。ごく普通の男性を求めているのに、そうでなくなってしまった愛人を無慈悲に殺し、第二の殺人にもつき進んでいく。こんなことは「玲衣奈」や「真凜」といった甘ったるい名前を持った女には似合いません。やはりそこには、「時枝」というクラシックな名前を持つ女性だからこそ抱くことができる冷徹さが、あるのではないでしょうか。

「拾った悲鳴」のルミちゃんは、心優しい小学生です。そして自分の子供を監禁しながらも普通の教師を演じているのは、「小林先生」。彼女の下の名前はわかりませんが、ご近所に必ずいそうな「小林」という平凡な名前を持つ教師がすることだけに、余計に恐ろしさは際立ちましょう。

「ラブレター」で、ついふらりと妻子ある男性と逃避行に出てしまいそうになるのは「京子」で、そうさせようとする旧友は「芳枝」。あまりにも落ち着いた名前なのであり、「きっとこの二人は、学生時代も地味だったに違いない」と想像することができます。

「皆勤賞の朝」においては、「智子」と「正人」の母子が、エリートの道を目指すあまり、気づかぬうちにゆがんだ性格と化していきます。ついには犬の命を犠牲にして、皆勤賞を取ろうとたくらむことになる。

「インテリア」で、血まなこになって親の遺産を探しまくるのは、「卓美」「晃子」「秀子」の三姉妹。小和田家の「雅子」「礼子」「節子」の三姉妹にコンサバティブさでは負けるものの、やはり昭和らしさたっぷりの命名なのです。

　そして表題作になった「素直な狂気」の主人公「松山寿哉」は、名前の通り平凡なサラリーマンです。しかし彼は、上司の愛人に手を出して妊娠させ、罪を上司になすりつけようとするのでした。

　いかにも悪人っぽい名前、そしていかにも悪事を犯しそうな性格の人物は、この本には見当たりません。全ての登場人物が、普通の名前を持ち、普通の世界に住む、普通の人なのです。

　しかし本書において普通の人々の歩みは、ちょっとしたきっかけによって、表通りから一本裏の道へと、逸《そ》れていくのでした。裏道を歩きながら見えるのは、表通りとは違う刺激的な景色ばかり。普通の人々は、普通であるからこそ好奇心に抗《あらが》うことができず、

「本当はこんな道を行くはずではなかったのに」

と思いつつも、ついつい歩を進めてしまうのでした。

主人公達はやがて、裏道の突き当たりまで行き着きます。そこで表通りに通じる抜け道を発見する人もいれば（例：小林先生）、落とし穴にはまってしまう人もいる（例：松山寿哉）。裏道に逸れるきっかけがほんの些細《ささい》なことであったように、抜け道に出るか落とし穴にはまるかの差も、ちょっとした偶然と運とに、左右されるのです。

六篇の物語を読みながら気づかされるのは、私達の生活の中にも、あちらこちらに裏道への入り口はあった、ということ。小中学生の頃から万引きやらカンニングへの誘惑はあったし、大人になっても不倫や不正へと続く道は、そこここに。

誘惑に抗いきれずに裏道を覗《のぞ》いてみたとしても、少し痛い目にあった後、たいていの人は表通りへと戻ってくるのです。そしてかつて自分が裏道を進もうとしたことなど、すっかり忘れてしまう。

そんな中で『素直な狂気』は、自分がかつて裏道へ行きたくなったことを思い起こさせてくれる一冊なのでした。読むうちに、「あのまま裏道を歩き続けていたら、今の自分はどうなっていたのだろう」という想像が、広がってくるのです。

世の中のほとんどの人は、犯罪に関係することなく、一生を終えることでしょう。しかし「あの時、もう一歩奥へと進んでいたら」と想像すると、恐ろしくなることはないか。もしかしたら自分が生きたかもしれない人生のＢ面（この言葉も、昭和語ですね）を垣間見させてくれるのが、本書なのです。

そんなことを思っている私の名前は、「順子」。「京子」や「芳枝」に負けず劣らず、昭和感あふれる名前です。が、だからこそ私は京子や芳枝に対して共感を抱くことができるのかもしれず、本書による裏道観光ツアーを、おおいに楽しんだのでした。

（一九九四年二月刊・角川文庫より再録）

本書は１９９４年２月角川文庫より刊行されました。
なお、本作品はフィクションであり実在の個人・団体などとは一切関係がありません。

徳間文庫

素《す》直《なお》な狂《きょう》気《き》

2022年10月15日 初刷

著者 赤《あか》川《がわ》次《じ》郎《ろう》

発行者 小宮英行

発行所 株式会社徳間書店

東京都品川区上大崎三―一―一
目黒セントラルスクエア 〒141―8202

電話 編集〇三(五四〇三)四三四九
販売〇四九(二九三)五五二一

振替 〇〇一四〇―〇―四四三九二

印刷
製本 大日本印刷株式会社

ISBN978-4-19-894790-3 (乱丁、落丁本はお取りかえいたします)